Bernard Giraudeau est né à La Rochelle en 1947. Premier Prix de Comédie Classique et Moderne au Conservatoire National de Paris, il joue à la fois pour le théâtre et le cinéma, notamment dans *Ridicule*, *Gouttes d'eau sur pierres brûlantes* ou *Une affaire de goût*, pour lequel il est nominé comme meilleur comédien aux Césars 2001. Il réalise plusieurs documentaires dont *La Transamazonienne*, *Chili Norte-Chili Norte II*, *Un ami chilien*, et des long-métrages, *L'Autre* et *Les Caprices d'un fleuve*. Il publie son premier livre en 2001, *Le Marin à l'ancre*. Suivent *Hommes à terre*, *Contes d'Humahuaca*, *Dames de nage* et *Cher amour*. Bernard Giraudeau est mort le 17 juillet 2010 à Paris, des suites d'un cancer combattu depuis 10 ans.

DU MÊME AUTEUR

L'Âne et la grenouille : contes d'Humahuaca
(illustrations de Frédéric du Bus)
Nathan, 1989

Le Facteur pigeon : contes d'Humahuaca
(illustrations de Frédéric du Bus)
Nathan, 1990

Transamazonienne : le rêve blanc
(photographies de Pierre-Jean Rey)
Éditions Odyssée, 1992

Les Caprices du fleuve
scénario
L'Avant-scène cinéma, 1997

Le Marin à l'ancre
Métailié, 2001
et « Points », n° P1041

Contes d'Humahuaca
(illustrations de Joëlle Jolivet)
Seuil / Métailié, 2002
et Seuil Jeunesse, 2003

Ailleurs : peintures Olivier Suire Verley
PC éditeur, 2003

Les Dames de nage
Métailié, 2007
et « Points », n° P1946

Cher amour
Métailié, 2009
et « Points », n° P2404

Bernard Giraudeau

LES HOMMES À TERRE

Éditions Métailié

TEXTE INTÉGRAL

ISBN 978-2-7578-1286-0
(ISBN 2-86424-503-5, 1re publication
ISBN 2-86424-582-5, 1re publication poche)

À ma mère

« J'aime les grands cargos arrêtés dans les rades
Qui ne se mêlent pas à la vie de la ville
Et qui libèrent le soir les marins éperdus. »

Louis BRAUQUIER

Silence. Il réfléchit. Il se lève. Il ouvre un tiroir. Il prend quelques photos et les met dans sa poche. Il regarde si on ne l'épie pas. Qui donc l'épierait ? Il sourit. Il est fatigué, malade. Il a un cancer du poumon. La bronchite chronique le fait tousser. Il part en voyage avec son fils. Il y a si longtemps. Il est heureux. Tous les deux en complices, comme pour une fugue. Le père et l'enfant. L'enfant a quarante ans. Il doit faire un film en Indochine, c'est le Viêt-nam maintenant. Oui, il sait ! C'est un film sur Saïgon aujourd'hui. Il sourit. Ça va faire drôle de revoir cette ville. Il a une bouffée, un sanglot étouffé. Son fils lui a dit : je t'emmène si tu veux ! Il a ri. J'aimerais bien. Il s'arrête. Silence. Non, elle ragasse à l'étage. Elle passe la serpillière, ici on since, dit-elle, c'est comme ça ; après ce sera le repassage, le marché, les carreaux, les draps à plier. Elle s'enivre d'activité. Une énergie déconcertante. Quand le corps bouge, l'esprit se repose. Elle ne veut pas réfléchir sur sa vie. Elle ne sait pas, ne peut pas. Une enfance partagée entre la grand-mère et l'absence des parents. Une tendresse de vieux pour une enfance solitaire. C'était bien quand même. Et puis la guerre, la rencontre, le mariage sans savoir que la vie s'apprend un peu avant. Il faudrait le temps de déchiffrer l'autre, l'homme. Il faudrait de l'expérience pour apprivoiser les différences et se reconnaître enfin. Il faudrait. Maintenant, c'est trop tard. Alors elle ragasse, la vaisselle qu'on change de place, les casseroles qu'on bouscule. L'éponge est véloce, elle ne laisse aucune chance aux taches. Il grimace un sourire. Il a arrêté la chimio. Il n'a pas mal. Il est seulement fatigué, sans forces, sans désir. Alors, prolonger quoi ? Une absence de vie ? Seulement, depuis quelques jours, au fond du cœur ou du ventre, dans son dos parfois, revient quelque chose d'oublié, qu'il croyait à jamais éteint. Une petite décharge électrique, une délicieuse peur qui l'oblige à se plier un peu. C'est une douleur sublime, une excitation ressurgie de la jeunesse, un affolement du sang. Il regarde la petite valise sur le canapé cassé du garage. La voiture reste dehors. C'est elle qui conduit. Elle n'y croit pas, à ce voyage. Elle a peur qu'il meure là-bas. C'est de la solitude dont elle ne veut pas. Il est trop fatigué pour ce voyage, ça va le tuer. Il a failli s'étouffer en entendant ça. C'est pas le voyage qui tue, c'est l'attente. Elle l'avait regardé sans trop comprendre. Le fils avait promis que tout irait bien. La petite valise est ouverte. Il y a déjà quelques chemises, un pantalon léger, des chaussettes, ses savates, deux ou trois caleçons donnés sans conviction. Elle n'y croit pas, elle le répète sans cesse. Elle fait et dit tout sans cesse d'ailleurs. C'est ça qui fatigue à la longue.

Elle s'envole parfois, elle oublie. Elle vit à côté depuis longtemps. Elle a tout de même à cœur de servir. C'est son rôle de femme. Il ne lui viendrait pas à l'idée de contester cette tâche. Cet homme fut son mari. Elle parle souvent au passé. Est-ce qu'on se connaît trop ? Non, jamais. On tente de se reconnaître et on finit avec un inconnu. La petite valise est neuve avec des roulettes. C'est Jean-Paul qui l'a achetée. Elle est légère, suffisante pour quelques jours. Lui portera le reste si nécessaire. Il n'y a rien de vraiment nécessaire. Elle avait hoché la tête. Il faut ce qu'il faut. Il faut quoi ? Ben ce qu'il faut ! On trouve tout là-bas. Bien sûr. Il avait regardé par la fenêtre. Le soleil n'arrive plus qu'une heure par jour. Ils ont construit un immeuble en face. C'est curieux, cette absence de droit au soleil. C'était l'heure et le soleil s'était posé sur la toile cirée. Il avait cligné des yeux. Ce n'est pas ce qui manque, le soleil, là-bas. Il s'était absenté. C'est une force qu'il a, le père, de s'absenter. Une surdité soudaine. Elle s'énerve et lui est furieux qu'on le ramène là où il est. Il regarde toujours la petite valise comme un fragment d'une autre vie. C'est ça, le voyage, un fragment d'une autre vie. Il regarde autour de lui comme un aveugle. L'outillage, des caisses, des choses inutiles qu'il faudrait ranger un jour. Pourquoi ? Il ouvre un tiroir de l'établi. Il coince ce bon Dieu de tiroir. C'était l'établi de son père. Il avait une petite menuiserie dans le marais, au bord du Mignon. C'est un établi en chêne et peuplier, avec un étau en acacia. Bon à brûler quand je ne serai plus là. Dans le tiroir, sous les clous, il soulève une planchette. Il y a une grosse enveloppe grise avec des fleurs de cambouis. Avant de la prendre, il regarde vers l'escalier qui monte à l'étage. Elle ragasse toujours. Il se décide et la glisse dans un petit porte-documents bleu entre deux chemises. Voilà. Il faudra penser aux affaires de toilette et aux médicaments. Elle s'en occupera bien sûr. Il faudra prendre aussi les lettres de Jean-Paul, celles de la fête des pères quand il était loin, en Indochine, en Algérie et après, ici. Il a toujours aimé les endroits où les guerres l'ont envoyé. Ce n'est pas la guerre qu'il aimait. Il aimait l'Allemagne, l'Indochine, l'Algérie, le Maroc. Ici, c'est bien mais sans couleur.

Un jour, il avait osé dire qu'il était heureux pendant la guerre. La liberté était mariée avec la mort. Il s'est évadé plusieurs fois des camps de prisonniers. C'était ça, le sens du mot *liberté*. Pour la patrie ? Ouh ! Il y a de l'enfance à vouloir tenter, essayer, goûter. Il aimait se laisser éclabousser par le bonheur de n'être pas dans le troupeau, le cul dans l'herbe d'un fossé avec le bruit des bottes sur la route et lui qui grimaçait avec un rire étouffé. Qui pourrait comprendre qu'il n'a abandonné le déminage que pour rassurer sa famille ? Il n'a pas peur d'avoir peur. Il a peur de la laideur, de la solitude lui aussi. Il a peur du non-sens. La vieillesse confirme la solitude de la mort. C'est cette peur-là qui fait mal, elle seule. Non, ce n'est pas la guerre qu'il aime. On n'apprivoise pas le bonheur à coups de canon. Mais là où il y a eu la guerre, il a été heureux. C'est dégueulasse de dire ça. Non, c'est dégueulasse que ce soit comme ça ! Ça le ronge. Non, ce n'est pas la guerre qu'il aime, c'est la vie, le pari de vivre, la liberté remise en question, le compagnonnage. Il voudrait que tout le monde s'aime, que tout soit beau et l'eau claire pour toujours. Il a compris que c'était trop enfantin, ce rêve-là. Alors, il est plus déçu que les autres. Ça le fait pleurer en silence au fond du jardin. La mort d'un enfant le submerge jusqu'à la paralysie. Il en est ainsi pour le bonheur des autres. Simone aussi croyait que la vie était une succession de petits bonheurs, de rires, d'égratignures, de chagrins passagers, avec au loto de la chance la même vie que Sissi. La réalité s'est chargée d'une lourde besogne et les voilà côte à côte à tricoter l'ennui. Elle ne veut pas qu'on parle de ça. Elle fait l'idiote. Elle a du travail. C'est comme ça, qu'est-ce que tu veux qu'on y fasse ? C'est la vie. Non, ce n'est pas ça la vie, avait-il répondu. Ça lui tape dans la poitrine à n'en plus finir. Alors il tousse jusqu'à vomir. Un jour, un enfant pleurait. Pourquoi tu pleures ? C'est pas ma vie, avait répondu le bout de chou. Lucien avait souri, ébranlé. Ils avaient fait un tour de brouette pour oublier.

– Je vais te gêner là-bas.

– Mais non. Pendant deux jours, je t'abandonnerai pour aller dans le Nord faire des repérages. Comment tu te sens ?

– Mieux, bien mieux. C'est drôle. Le plaisir, c'est mieux que la chimio. Trois semaines, c'est pas si long.

– Non, non c'est très bien. Je t'attends.

Le lendemain Simone l'accompagne à la gare. Ils passent par le port. La mer est basse. Il y a de la vase dans le canal au pied du quai Maubec. La grosse horloge est grise. Les mouettes ferment leurs gueules. Trois petits bateaux de pêche accrochés au quai se serrent pour ne pas basculer. Il aime bien les fanions des casiers, comme des flammes de couleur, les coques bleues et rouges. Il s'arrête devant le bassin à flots pour regarder un vieux ketch en acajou. Il n'a jamais navigué. Il aurait aimé. Son enfance a glissé sur les lentilles d'eau du marais, sans vagues. C'était loin, ce sillage noir derrière la *pigouille* de la mère. La grande perche de bois patinée par les mains terreuses s'enfonçait silencieusement. Des bulles remontaient à la surface et crevaient avec une odeur de chiotte. Il aimait ça. Les grands peupliers avaient le langage du vent, un bavardage qui berçait la somnolence de l'été. C'était loin.

– Il faut y aller. Tu vas rater le train.

– Des trains, on en rate beaucoup dans la vie.

– Qu'est-ce que tu racontes !

– Celui-là, je ne le raterai pas.

Sur le quai, ils se regardent. Au revoir. Des banalités. Il cherche dans le regard de Simone quelque chose pour le retenir. Il ne trouve pas, mais le cœur est gros. Elle pleure. Elle arrange le col de sa veste pour faire quelque chose, ne pas être inactive.

– Tu n'es pas fatigué ?

– Non.

– Fais attention.

– À quoi ?

– T'es bête.

Au moment du départ, ils se sourient. Il y a des éclats de tendresse à travers la vitre sale, des éclats dans les taches de lumière, furtifs, éphémères comme des papillons malades. Un geste, et le train glisse doucement pour ne pas déranger. Elle le suit du regard, bien après qu'il disparaisse. C'est un train qui n'en finit pas, un train qui n'en finit jamais. Puis elle repart en brodant sa vie à elle, celle qu'elle n'a pas eue à cause de la guerre et de l'absence d'amour. Elle avait su mettre un voile sur cette mauvaise peinture un peu trop brillante dont le vernis s'était écaillé jusqu'à n'être plus qu'un cadre. Simone vivait dans un cadre vide. Elle a horreur du vide, comme des silences ou de l'attente. C'est sans couleur. Elle est du présent, un présent sans condition, infini. Le passé est une rive qu'elle laisse derrière elle et le futur une île trop lointaine. Elle a peur de la stérilité des hypothèses. Elle avance sans aborder jamais. Alors elle a compensé avec ses enfants et une activité fébrile, obsessionnelle.

Lui, par la vitre, cherche dans ses souvenirs au-delà des hangars, des tours du port ou de l'église Saint-Sauveur. Retour dans le marais, la pêche aux anguilles, la chasse à la perdrix. Pas pour tuer, pour se promener. Il y a des parties effacées du temps, des fragments perdus du puzzle, des brumes capricieuses. Le reste est comme un archipel du désordre avec l'incertitude du vécu, entre le rêve et l'imaginaire. C'est un film qui a beaucoup souffert. Et maintenant il y a une petite peur qui lui grignote le ventre. Il regarde son marais disparaître. Il se souvient du prunier dans le jardin au bord de la rivière. Sa mère voulait y transporter le lit et mourir là. Avant l'hiver, disait-elle. Elle a fini dans un hospice chez les bonnes sœurs. Il imaginait la barque noire glissant entre les saules avec le lit à rouleaux, l'édredon et la couverture au crochet. Sa mère apaisée sur l'oreiller de duvet laissait les dentelles d'ombres et de lumières lui caresser le visage. Une fois sous l'arbre, autour du chevet on étalait les nappes pour le dernier banquet avec des rires d'enfants étouffés. Des gamins s'accrochaient aux branches et une pluie de fruits rouges et noirs fouettait les draps. Le jus pourpre s'étalait en grandes taches sombres. Hélène avait les paumes tournées vers le ciel avec de drôles de stigmates.

Il sourit. Il ouvre les yeux. Poitiers, la Touraine. Il somnole contre son gré, le temps d'un hiver devant les braises à fabriquer des paniers. Il avait dix ans. Il saute dans les tourbières, les trous de glaise où sommeillent les gardons. Il rêve devant les fours de la briqueterie, fait sécher sa culotte souillée par la terre noire du marais. Dans l'ombre de la charpente, une tuile déplacée laisse un triangle de lumière. Il le recueille un instant dans le creux de sa main. Il respire l'argile craquelée, l'odeur de cendres chaudes et de pierre brûlée. Après le certificat d'études à quatorze ans, on lui avait trouvé une place d'apprenti forgeron. Il n'a jamais oublié le coup de pied au cul quand il était revenu de la forge en pleurant. Il était si jeune, si désemparé dans cette fournaise à dormir sous une échelle au fond du chai. Retourne d'où tu viens, avait dit le père. Il était reparti. Puis la guerre comme une bienvenue. Malheurs et joies. Engagement à dix-huit ans. Il s'endort. Tout s'éteint jusqu'à Paris. Jean-Paul l'attend. Sourire.

– Fatigué ?

– J'ai dormi.

– Maman ?

– Elle a pleuré !

– Elle était un peu triste.

– Non, je crois que c'est par habitude. Quand on part, elle pleure.

Jean-Paul rit. Pas dupe. Taxi, pluie, grisaille. Banlieues auxquelles d'autres n'ont pas échappé.

À l'aéroport, ils rejoignent un photographe et deux techniciens. Présentation, bavardage, café, eau minérale.

– Je vais m'occuper des billets.

Le père regarde le fils s'éloigner. Il est perdu soudain. Autour de lui, les gens flottent, se congratulent, s'apostrophent en silence. Le son s'en est allé. Il reste les gestes. Drôle de film. Avec Jean-Paul, le son revient.

– Tout va bien ?

– Je vais aux toilettes.

– Va, tu as le temps.

Il va. Il regarde dans le miroir cet homme dont il n'est pas sûr d'être le reflet. Il va faire un grand voyage. Il a des fourmis dans le ventre. Pourvu que la bête le laisse en paix. Maintenant, seulement maintenant, il demande un peu de temps. Il quitte le miroir et son reflet. Tant pis, je le laisse ici. Il rit tout seul. L'avion. Il y a longtemps qu'il n'a pas volé, depuis l'Algérie, un DC8 de l'armée pour une mission express en France. D'Indochine il était revenu par bateau, trois semaines de voyage avec la peur de la fouille. Il avait ramené de l'argent à blanchir pour une maison de jeux de Saïgon avec un petit bénéfice pour lui. Si peu. Il s'était fait avoir, comme toujours. C'est curieux, pas de fatigue. Il lui semble que le corps s'est allégé, débarrassé de ses ancres.

– Hô Chi Minh-Ville a beaucoup changé, tu sais.

– Saïgon ?

– Saïgon, oui. Les Américains ont repeint le paysage et la ville. L'oncle Hô n'a pas pu faire grand-chose contre Coca-Cola. Rouge, c'est rouge.

Jean-Paul rit. Sa société lui a fait un cadeau. Classe affaires pour le père et son fils.

Il est content, Lucien, avec ses petites décharges électriques au creux du ventre.

– Tu aimerais voir le film ?

– Oui. Je ne sais pas.

– Tu veux dormir ?

– Pourquoi faire !

Il mange bien, il regarde le film. Il feuillette des magazines. Il a regardé les images de l'office du tourisme vietnamien. Le delta du Mékong, Huet, Hô Chi Minh-Ville, Hanoï, la baie d'Along. Il ne bouge pas. Longtemps, il regarde le film en boucle sur l'écran individuel. Bien après, lumières éteintes, il voit l'autre film, pas celui de l'enfance, de la guerre en 1939, ni même celui de son mariage, ni après, non, l'autre, celui qu'on rêve de l'autre côté de la nuit et que lui seul connaît. Il pose sa main sur celle de Jean-Paul qui dort, comme pour retenir le passé et recoudre proprement le tout jusqu'au présent. Il s'endort lui aussi. *Nous commençons notre descente vers Hô Chi Minh-Ville, veuillez attacher votre ceinture.* Voilà ! Ça devrait se passer comme ça, on s'endort, et on se réveille de l'autre côté. Il regarde par le hublot cette ville qu'il ne reconnaît évidemment pas. Atterrissage. Hébétude. Impatience. Aéroport. Coup de chaleur. Il y a quelques secondes d'apnée avant de réaliser qu'on est à l'autre bout de notre monde à nous. C'est une chaleur humide qu'épongent les chemises. Ça, il reconnaît. Formalités.

– Touriste ?

– Oui.

– Durée du séjour ?

– Vingt jours.

Hôtel New World ou Nikko, ou ce vieux Continental. Taxis comme ailleurs. Le chauffeur ressemble à celui de la gare Montparnasse. Banlieue comme ailleurs. Publicité comme ailleurs. Hô Chi Minh-Ville ne ressemble pas à Saïgon. La traversée de la cité est une sorte de zapping incessant avec parfois des images connues. Il a du mal à respirer, le cœur bat trop vite. Il n'est plus certain d'avoir bien fait de venir. Calme-toi. Calme-toi. Tu ne vas pas claquer ici avant d'avoir revu ton passé, avant d'avoir accompli ton voyage avec Jean-Paul. Tu ne vas pas claquer avant… et faire chier tout le monde avec ton corps inutile. Ça le pince un peu mais au feu rouge il voit un vieux assis sur le trottoir qui parle à des enfants. Il lui rappelle Ham Dhay l'érudit. Il se détend. Étalages de mangues, de papayes, de pyjamas de soie. Une femme peint une énorme orchidée sur le panneau de bois d'un fleuriste. Il se retourne pour la regarder. Ça bat encore un peu. Parfois il y a des éclats de sa vie avec Simone comme des échardes, des bandes de brume sur la rivière quand il ferme les yeux. Le petit bouchon de liège rouge et vert s'enfonce, il sort une brème, saloperie, c'est plein d'arêtes. Il ouvre les yeux. Ça va mieux. Ce qu'il reconnaît très précisément, c'est l'élégance des femmes et des hommes. C'est beaucoup plus bruyant que ne l'était Saïgon. Les quatre roues bousculent au klaxon les deux roues et les piétons. Il y a foule en grappes, en masses, en files, en étoiles. Ça se rassemble, se disperse. C'est un ballet réglé entre les feux de signalisation et les policiers des carrefours. Le taxi vire dans une petite rue commerçante, un raccourci sans doute. Le père regarde de tous côtés.

Il est avec une jeep et un colonel de l'état-major dans une ruelle. Il y a beaucoup de marchandes qui balancent leurs paniers, des charrettes en barricade, des cycles, des pousse-pousse, des rires de filles et une odeur très forte de poisson séché, de danger, une odeur de mort dans la chaleur de l'après-midi. Ils sont coincés. Le camion militaire qui les suit est loin derrière. Ils ont entendu une fusillade, des hurlements, puis une explosion. La rue s'est vidée miraculeusement et le chauffeur de la jeep s'est dégagé avec une brutalité désespérée. Ils ont failli perdre le colonel. Derrière, le camion suit, la bâche en feu et un pneu éclaté. Ça sent le brûlé. Le Viêt-minh qui a commencé son infiltration dans le Sud devient efficace. Il faut retrouver la sécurité dans la cour de palmes de la caserne. Le bureau du renseignement est un petit bâtiment enfoui dans les magnolias derrière le mess des officiers. Il est un soldat de l'arrière, un soldat de l'ombre qui fait une drôle de guerre.

Le taxi déboîte un livreur. Il poursuit deux motos russes, deux Minsk de toute beauté avec des jupes qui claquent comme des drapeaux. Quatre jeunes femmes se retournent vers les Européens. Elles rient derrière leurs foulards. Le chauffeur est content de lui. Il reprend une artère principale. Une grande tour se dresse au-dessus du parc Ho Ky Hoa. L'hôtel International.

– Je me souviens du Continental Hôtel, dit Lucien.

– Il existe toujours, avec un parfum de nostalgie coloniale. Tu pourras y faire un pèlerinage, dit Jean-Paul en souriant.

– Ce n'était pas mon QG, proteste Lucien.

Le hall cathédrale de l'hôtel international New World ressemble à une chambre froide. C'est glacé. Jean-Paul sort une laine qu'il met sur les épaules de son père. Papiers, passeport, signature.

– Voici la clef, monsieur !

– Je peux avoir la mienne ?

– C'est la clef, papa, comme une carte de crédit. Tu la mets dans la serrure et elle s'ouvre.

– Ah bon !

– Je t'ai pris une chambre à part. J'ai des horaires irréguliers, des tournages de nuit, c'est mieux comme ça.

– Toi aussi, tu seras plus tranquille, je tousse encore beaucoup.

Lucien demande un plan de la ville. Il regarde un instant et fait la grimace. Ils ont changé tous les noms ! Comment s'y reconnaître ? Où est le boulevard Gallieni, la rue Catina ? Il va falloir se renseigner, demander à un vieux qui devrait se souvenir de l'époque française. Il aurait dû s'en occuper à La Rochelle. Il suffisait de demander au restaurant Thuan. Tant pis, c'est trop tard. Il va se débrouiller.

– Bonjour ! Je suis Phuong, l'interprète de Viêtnam Voyage. Bienvenue.

Voilà celle qui le sauvera. Plus tard.

– On se voit tous ici dans une heure.

Lucien a quartier libre jusqu'à ce soir.

– Qu'est-ce que tu vas faire ?

– Je ne sais pas.

– Ne te fatigue pas. Ne marche pas trop. Tu peux prendre le bus.

– Je ne sais pas si je saurai.

–- Bien sûr que tu sauras.

– Je ne reconnais plus rien, ça se brouille.

– Tu as bien quelques mots de vietnamien ?

– Oui, quelques-uns ! Ça va me revenir.

Douzième étage. La chambre comme une passerelle de Cargo. Saïgon à l'infini. Lucien pose le porte-documents bleu sur la table. Il ouvre sa petite valise. Il sort la trousse de toilette de Simone. Elle est en plastique rouge avec des fleurs jaunes. Il explore la salle de bain. Il y a des glaces partout.

Le reflet a suivi, un peu fatigué par le voyage. Il prend sa douche, s'allonge, s'endort. TOC toc. Tu viens dîner ? Oui ! Par la fenêtre il y a une mer de lumière à marée haute : Saïgon. Il y avait le Café de France. Comment s'appelait ce bistrot dans Cholon ? Il ne sait plus. Sur la chemise propre, il y a un mot : « Profite bien de ton fils et fais attention. Simone. » Il fixe l'écriture ronde, familière. Il tient bêtement le papier sans savoir que faire. Il a éteint l'air conditionné. Il a chaud. Il appuie son front sur la vitre pour y trouver la fraîcheur et se perdre dans la ville. Je lui montrerai le Grand Théâtre et la pagode de l'empereur de Jade. Ça doit encore tenir debout. Je l'emmènerai voir les cultures d'orchidées, les bords du Saïgon, les rizières du Delta, la Plaine des Joncs. Je vais lui montrer. Je serai ton guide, Jean-Paul. Il a une bouffée, un manque d'air, puis une longue toux asphyxiante. Ça va ? demande Jean-Paul de l'autre côté de la cloison. Ça va ! Il regarde attentivement le plan de la ville. Il pointe un doigt près du fleuve et fait une croix avec un crayon de papier. TOC toc.

– J'arrive.

– Mets un paletot, ils foutent l'air conditionné partout.

– Oui, j'aimais mieux les ventilos.

Restaurant. Balade sur le Mékong. Restaurant. Marché. Musée. Thé. Café. Restaurant. Il est heureux de faire ce voyage avec son fils. Il se souvient de vacances en Forêt Noire quand Jean-Paul était petit, un autre en Espagne à l'adolescence. Des vacances pour des vacances. À pleurer. Il semble chez lui sur les sampans. Il voit tout. Il est en éveil. Les caméras autour de lui n'ont pas l'acuité de son regard. Le père renaît, s'éclôt, s'abandonne. Jean-Paul s'étonne et s'émerveille. Lucien a quelques après-midi en solitaire, des soirées aussi. Jean-Paul rentre tard après le tournage. Une nuit, sous la porte de son père, il y a un rai de lumière. Lucien ne dort pas. Jean-Paul frappe doucement. Pas de réponse. Il insiste. Son père a le sommeil léger. Il aurait répondu. Il s'inquiète, va chercher le double de la clef dans sa chambre et revient ouvrir. Il n'ose pas redouter un malaise ou pire encore. La chambre est vide, soigneusement rangée. Le petit porte-documents bleu est sur le lit. La valise sur le porte-bagages. Jean-Paul ressemble à un père dans la chambre de son fils. Inefficace. Il referme la porte, insulte l'ascenseur qui paresse à s'ouvrir, questionne le concierge, les femmes de chambre et les taxis devant l'hôtel. Il réveille ses techniciens. Branle-bas de combat. Veillée. Rien. On a perdu un vieux dans Hô Chi Minh-Ville, un vieux Français qui a fait la guerre. Il est malade. Il va mourir. Il n'est pas très grand. Il a les cheveux courts, des yeux bruns, un pantalon, une chemise, des chaussures, des chaussettes, des dessous en coton, et il répond au nom de Lucien. Il faut le ramener en France. Ça ne va pas être du gâteau, bien qu'un Européen, ça se repère. De guerre lasse, tout le monde va au lit. Jean-Paul attend. La porte de sa chambre ouverte, il regarde dix fois, cent fois, le couloir vide. Il sursaute aux mouvements de l'ascenseur, aux grondements de la tuyauterie. Finalement, il s'endort et rate le fugueur qui revient sur la pointe des pieds et se couche sans réveiller le petit.

Continental Breakfast. Question première :

– Où étais-tu cette nuit ?

Sans sévérité bien sûr, il a repris la place du fils.

– Insomnies. Je suis allé faire un tour. Figure-toi que j'ai retrouvé un vieux que j'avais connu pendant la guerre, plus vieux que moi, très vieux maintenant, un âge impossible. On a bavardé. Il en avait des choses à me raconter. Les Américains, Hô Chi Minh, tout jusqu'à ce soir.

Jean-Paul sourit.

– J'envoie une carte à maman, tu signes ?

– Oui.

– Je l'ai appelée ce matin. Il était treize heures là-bas.

– Tout va bien ?

– Oui.

– Bon !

Le soir suivant, le père fait une nouvelle fugue. Il croit Jean-Paul en tournage. Clac ! La porte. Jean-Paul suit, à distance bien sûr. Le père prend un vieux bus américain. Jean-Paul arrête un taxi.

– *Follow this bus, please.*

Il a l'impression d'être dans un mauvais polar asiatique avec tout de même le suspense d'un drôle de scénario. Naissent les premières lumières et meure la dernière heure du jour. Le bus s'arrête. Le père descend. Jean-Paul paie son taxi et file Lucien qui emprunte une petite rue sombre. Il entre dans le jardinet d'une maison coloniale. Jean-Paul s'approche du portail, trouve un nom en vietnamien. Il attend. Le père ne ressort pas. Jean-Paul contourne la petite propriété. À travers une haie de bambous, il aperçoit une large fenêtre avec des rideaux tirés. Une ombre est assise. Une autre, celle d'une femme, va et vient, en laissant parfois traîner un bras sur les épaules de l'autre. Il tente d'en voir un peu plus mais sans succès. Il tourne en rond avec une irrésistible envie de frapper aux carreaux. Il ne s'en donne pas le droit. Cette vie secrète du père est à la fois une douleur et une excitation. Une vie se raconte dans un théâtre d'ombres auxquelles Jean-Paul ne comprend rien. C'est terrible de ne pas savoir, de laisser l'imagination s'affoler. Les deux ombres sont assises et semblent dîner. Parfois, on devine un geste tendre, esquissé. Il se sent indiscret. Le cul sur un muret, la tête dans les mains, Jean-Paul essaie d'y voir clair. Voir quoi ? Le père a un secret. Et alors ? Tôt ou tard, il le connaîtra. Il n'a plus qu'à rentrer. Il abandonne les ombres à leur tendresse, au frôlement pudique qui les fait se confondre. À l'hôtel, il passe la nuit à attendre dans un silence insupportable que la porte voisine s'ouvre et se referme avec discrétion. Il regarde Hô Chi Minh-Ville par la fenêtre du douzième étage. Coca-Cola de merde. Toshiba. American Airlines. Ça néonne dans toutes les rues. Une ville la nuit ressemble à la plupart des villes. La chambre est insonorisée comme un studio d'enregistrement. Il a peur de ne pas entendre la porte. Il entrouvre la sienne, éteint la lumière. Il pense à sa mère, vite effacée par un raz de marée d'images incohérentes. Il ne canalise rien. Il est à la fois inquiet, dérouté, nerveux, jaloux, finalement impuissant. Clac ! Le père est rentré. Bon et alors… Comment dormir ? Il sort. Il revient au petit jour, s'endort. À sept heures, le cameraman l'appelle.

– Qu'est-ce que tu fous ?

– J'ai un petit souci.

Jean-Paul s'amuse presque de la réponse.

– Ton père ?

– Ça ira. Va faire les images, tu sais ce que je veux. On se retrouve à onze heures.

– Ok.

Le père appelle.

– Tu ne tournes pas ?

– Plus tard.

– On prend un café ?

– Oui.

– J'arrive.

Toc toc.

– Tu as mauvaise mine.

– Je dors mal et toi ?

– Moi, ça va, je fais la sieste.

Jean-Paul observe Lucien, qui ment avec douceur.

– Demain, je pars deux jours à Hanoï. Tu es certain de ne pas vouloir venir ? Tu ne t'ennuieras pas ?

C'est une question perverse, il le sait.

– Non, ça va. Je suis très heureux ici.

Jean-Paul reste silencieux un instant. Il a des questions qui se bousculent et rien ne s'échappe. Si, une banalité.

– Tu t'es coupé en te rasant ?

– Oui, ça arrive souvent maintenant. C'est pas grave.

– Et tes poumons ?

– Rien. Ils me foutent la paix.

– Je suis content.

– Moi aussi.

Le père sourit.

– Tu veux venir avec moi ce matin ?

– Oui.

– Tu n'as rien prévu ?

– Non.

Onze heures, Jean-Paul va filmer un marché au bord de la rivière Saïgon. Il montre un itinéraire au chauffeur qui s'étonne. Il veut filmer Cholon, près du pont Nguyen Tri Phong. Le minibus est vite englouti sous les assauts des hordes de bicyclettes et de Vespa.

On filme. Le véhicule emprunte le chemin du bus de la veille. En approchant de la mystérieuse maison, Jean-Paul regarde son père. Il l'observe, le filme aussi comme un touriste. Ils se sourient. Devant le jardinet, Lucien n'a pas un regard. On peut mentir même à ceux qu'on aime, surtout à ceux qu'on aime.

Au marché, ils restent à la terrasse d'un café. Ils déjeunent de *châ câ*, de poisson grillé avec des nouilles. Le père s'endort. Jean-Paul laisse son équipe sur place pour quelques plans à finir. Il emmène Lucien faire la sieste, un prétexte pour parler au vieux. Que connaît-on de son père sinon un collage d'images d'enfance et celles d'un quotidien contraint ? Jean-Paul se souvient des langues de brume à la lisière des bois le matin, de son père silencieux préparant les lignes. La rivière immobile était comme une huile blanche jusqu'au lever du soleil. Lucien venait là pour être seul ou avec son fils. Peu lui importait que la tanche dorée morde ou non au ver de fumier. Il venait se débarbouiller de la vie et communier avec le marais. Jean-Paul transi mais heureux respectait le mystère. Même les roseaux ne bougeaient pas. Ils guettaient l'un et l'autre le moindre frôlement d'ailes, un bruissement de feuilles. Ils surveillaient la vie, et ceci jusqu'au casse-croûte où presque tout était alors permis, se déplacer, uriner, froisser un papier et même échanger quelques mots. Le silence revenu, Jean-Paul regardait son père. Déjà, il avait parfois cette fugitive impression de ne pas le reconnaître. Il ne s'attardait sur le profil inconnu que le temps de retrouver une ride, un pli ou une expression familière. Le père lui souriait, complice, et la chaleur revenait dans le cœur de Jean-Paul un instant pétrifié. Cela lui arrivait aussi avec sa mère, quand il prolongeait l'observation jusqu'à voir le visage d'une autre femme qui aurait pu être n'importe quelle femme, comme un mot répété à l'infini et qui perd son sens. C'était toujours un instant de panique suivi d'un frisson désagréable. Cela lui arrivait encore parfois et dernièrement pendant ce déjeuner, tout à l'heure. Alors c'est peut-être pour ça qu'on accepte de vivre côte à côte avec la seule évidence de ce qui est, sans fouiller jamais. Jean-Paul se souvient de l'absence de son père, et donc d'un père inventé. Pourtant il ne se souvient d'aucune déception. Il connaît celui qui se cache pour pleurer, celui qui ne connaît pas la jalousie mais le plaisir au plaisir des autres. Dans sa chambre de Hô Chi Minh-Ville, Jean-Paul se repasse le film d'une matinée de pêche. Il avait sept, huit ans. Il ne sait plus. Il y avait les petits bouchons de liège, les plumes bicolores sur le miroir entre les herbes et la concentration amusée de Lucien lors de la touche. Il avait sorti fièrement une minuscule perche, enlevé délicatement l'hameçon, montré sa robe arc-en-ciel et l'avait rejetée à l'eau. À la fin de la matinée, un pêcheur qui passait leur montra une bourriche garnie de brèmes, de carpeaux et d'anguilles. Le père regarda, émerveillé. « La belle pêche, nom de Dieu ! » L'autre secouait le filet pour faire frétiller une dernière fois les agonisants. Les carpeaux resteraient vivants jusqu'à la maison. Les anguilles impressionnaient Jean-Paul, leur vie aussi, ce voyage jusqu'aux

Sargasses… Lucien semblait sincèrement heureux du trésor de l'autre. Il félicitait chaleureusement l'orgueilleux qui jouait les modestes et les faussement déçus du manque de chance du père. Le pêcheur s'éloigna. Lucien sourit et dit que ce serait leur tour la prochaine fois. Jean-Paul pensa alors qu'il y avait ceux qui disent « merdalors, je n'ai rien pêché » et qui se rongent le foie du bonheur de l'autre et ceux qui partagent ce bonheur. C'est ça que le sourire du père voulait dire. Ils avaient plié le matériel avec une drôle de complicité et une gaîté mêlées. C'était leur trésor. Jean-Paul savait tout de même cela de son père.

19 h 00. Toc toc.

– J'ai un peu faim, tu viens ?

– Tu as bien dormi ?

– Oui.

Ils marchent un peu. Dans une ruelle commerçante, une femme égorge des poulets, une autre les ébouillante, une troisième les étripe et une quatrième les découpe en morceaux. Ils admirent la dextérité et vont s'asseoir à une table en plein air. Il faudrait venir filmer ça.

– Une soupe ?

– Va pour la soupe.

– Je suis un peu barbouillé.

– La soupe, c'est bien.

– Oui. C'est bien.

Pour une fois, le père raconte Saïgon, celui de 1954. Oh, comme ça : des bribes, des visions fugitives, anodines, des cartes postales coloniales. Le Saïgon du « Grand Monde », le Cholon des jeux, des bars, des bordels. Il se souvient des enfants aux portes de l'Eldorado illusoire qui redessinaient dans la rue les tapis de la roulette et de la boule et s'en servaient comme d'une marelle. Il y avait le jeu des quarante bêtes où l'on pariait une demi-piastre en déchirant un billet en deux, la piastre reine d'Indochine créée pour l'ivresse, le profit facile et l'infortune de beaucoup. À huit heures, ils se raccompagnent. Un vieil homme harnache sa bicyclette d'une pyramide de cages à oiseaux et de nattes. Une femme l'aide à monter sur la selle. L'équilibre est précaire. La bicyclette hésite, un peu ivre dans la mer des deux roues. Une Vespa chevauchée par trois cavaliers houspille le papy avec humour. Le père le regarde en souriant.

– Ham Dhay, que j'ai retrouvé l'autre nuit, était de Dalat, sur les hauts plateaux du centre. Quand je l'ai connu, il voyageait pendant son sommeil. Il remontait le temps. Jamais il ne rêvait le futur. Il revoyait ainsi toute l'histoire du Viêtnam. Il ne savait ni lire ni écrire mais son érudition était grande. Il vivait près du casernement, sur le boulevard Gallieni. Parfois, il venait au Café de France ou au Café de la musique. Il faisait la classe aux enfants sur le trottoir. Un jeune soldat instituteur qui travaillait au bureau de l'état-major de De Lattre me l'a présenté un jour. (Lucien sourit avec malice.) Je sais beaucoup de choses sur le Viêtnam, sur sa volonté d'indépendance. *Doc-lap*, le mot d'ordre d'Hô Chi Minh. Ham Dhay connaissait tout, depuis la résistance des sœurs Trung en l'an 40 qui se noyèrent dans la rivière Hat Giang plutôt que d'accepter l'occupation chinoise, jusqu'aux princes des royaumes du Funan et de Champa. Moi, je dois confondre un peu tout ça, les dynasties, La Loï, le héros, jusqu'à cette drôle d'histoire avant la Révolution française.

Ils sont arrivés dans le couloir de leurs chambres, comme ça, en bavardant. Ni l'un ni l'autre ne pensent à s'asseoir. Jean-Paul est ravi de la soudaine verve de son père. Il se demande pourquoi il lui raconte tout ça, comme un flot désordonné avec des mots en écueil.

– Quelle histoire ?

– Un jour, un prince vietnamien réfugié au Siam envoya un prêtre français, un certain Vigneau ou Pigneau, je ne sais plus, à la cour de France pour demander de l'aide à Louis XVI. Le prince prouva sa bonne foi en envoyant aussi son fils de quatre ans. Louis XVI, ému par le jeune prince, promit une expédition puis se rétracta. La Révolution grondait. Le curé trouva des mercenaires et des bateaux, revint au Viêtnam, mais trop tard. On oublia le petit prince qui mourut à la cour de France, en exil, de langueur ou de maladie occidentale. Je pense souvent à ce petit prince, c'est étrange. Mourir loin de son pays et des siens m'a toujours chagriné. Pour Ham Dhay, l'histoire du Viêtnam s'arrêtait au petit prince Canh. Tu vois, je m'en souviens encore. Il s'appelait Canh.

Lucien regarde sa montre, un vieux chrono en or qu'il a troqué à Berlin. Il le remonte chaque soir. Il n'oublie jamais.

– Je vais dormir.

Clac ! Clac ! Jean-Paul attend. Il est prêt. Le père fait si peu de bruit. Clic ! Puis à peine un frôlement. Nouvelle fugue, nouvelle filature. Devant le jardinet, dans l'ombre, Humphrey Bogart n'allume pas de cigarette et ne relève pas le col de son imper. Trois ombres dans la maison jouent une pièce que Jean-Paul ne connaît pas. Une des ombres s'éclipse et sort de scène. Sous la lumière de l'entrée, Jean-Paul devine qu'elle doit avoir quarante ans. Elle semble soucieuse, perturbée. Il s'approche et l'interpelle. Un instant, elle prend peur.

– Madame, s'il vous plaît.

Elle s'arrête, intriguée. Elle l'observe et avant que Jean-Paul ne la rassure, elle lève la main pour qu'il ne dise rien.

– Vous lui ressemblez !

Jean-Paul, interdit, reste muet.

– Je suis la fille de Thérèse Mai Lê, je m'appelle Lan.

La femme est encore belle et parle parfaitement le français. Jean-Paul imagine que la mère aussi a dû être belle. Lan sourit.

– Je ne savais rien de cette liaison, je l'ai apprise hier et je viens seulement de rencontrer votre père. Vous non plus, vous ne saviez pas, je suppose ?

– Non.

– Laissons-les, voulez-vous ?

Jean-Paul tient Lan par la taille, le scooter remonte une avenue interminable. Il voudrait hurler les questions. Lan s'arrête devant la pâtisserie française.

– Prenons un café.

Ils prennent un café.

– Je suis la fille d'un sergent vietnamien qui est mort en 1949. Ma mère a connu votre père fin 1951, je crois. Je n'ai aucun souvenir de lui, j'avais deux ans. Je n'ai pas encore eu le temps de lui parler, c'est si soudain, cette révélation. Je ne sais pas pourquoi elle a gardé le silence tout ce temps. La pudeur vietnamienne sans doute. Pour la famille. La fidélité à son mari. Je ne sais pas trop…

– Pour mon père, c'est sans doute la pudeur charentaise.

Lan ne connaît pas la Charente. Il raconte. Elle est émue. Elle est fine, élégante. Elle se tient droite, avec une grâce inouïe. Elle travaille à l'Alliance française.

– Votre mère n'est jamais venue en France ?

– Jamais. C'est incompréhensible.

– Non. C'est encourageant, un amour à ce point obstiné.

Elle hésite.

– Voici mon téléphone.

– Voici le mien, je suis au New World.

Il y a un jeune Viet blond qui joue du violoncelle sur le trottoir. Jean-Paul reste pour l'écouter. Il se souvient de son ami d'enfance à La Rochelle, Ellis Robinson. Son père était capitaine de l'armée américaine, sa mère était de Belfort. Ils s'étaient connus pendant la guerre. Belle Histoire. Ellis était doux, follement sympathique, avec un corps maladroit et une grâce hésitante. Il adorait le violoncelle qu'il serrait comme une bouée. Sa mère avait voulu qu'il soit américain comme son père. De retour aux States, pour la remercier, on pria Ellis de faire son paquetage pour une balade en Asie. Drôle de guerrier. Il est mort d'une balle dans la tête du côté de Dalat, sur les rives du lac des Soupirs. On a tiré sur un violoncelle, pense Jean-Paul en écoutant une suite de Bach. Il revoit cet adolescent trop grand pour son âge, avec une tête de plus que les autres, une tête qui dépassait…

Jean-Paul rentre à l'hôtel. Nuit agitée. Petit-déjeuner avec un père souriant.

– Je vois que tout va bien, je peux partir tranquille ?

– Oui, tu peux. À ton retour, je te raconterai une histoire.

– Pourquoi pas maintenant ?

– Parce que ça peut attendre, Jean-Paul. Je t'assure que ça peut attendre. C'est une très vieille histoire. *Chuk ngu ngon.* Bonne nuit.

Il sourit avec quelque chose de tendre, d'infiniment doux dans son regard. Bouleversé, Jean-Paul plonge le nez dans sa tasse et finit son café froid. Il embrasse son père et se glisse dans l'ascenseur. Avant que les portes se ferment, il a le temps de voir le dos, la nuque rasée de Lucien et ses épaules légèrement affaissées, comme vaincues. Il a les oreilles à peine décollées, la tête inclinée. Clac. Exit le père. Direction Hanoï.

Là-bas il négocie pour un projet de documentaire chez les Hmongs, dans la province de Kao Bang, et les Thaïs, à la frontière chinoise. Malgré les difficultés de communication, il appelle son père à plusieurs reprises, à l'heure de la sieste et le matin de bonne heure. Monsieur n'est pas rentré. Jean-Paul finit par abandonner. Il laisse un message. Il ne rentrera que vendredi. Il y a une marche un peu longue pour repérer la première tribu hmong qu'il doit rencontrer. De retour à Hanoï, il téléphone sans conviction.

– Oui, j'ai eu ton message. Prends ton temps.

– Oui bien sûr.

Jean-Paul est au bord du fou rire. Ça va mieux.

– Je reviens demain et nous rentrons en France samedi, comme prévu.

Silence.

– Tu m'entends ?

– Oui, je t'ai entendu. À demain. Je t'embrasse.

– Moi aussi.

Jean-Paul soupire. De sa fenêtre du Nikko, il regarde le vieux train traverser la ville en hurlant, un train reptile qui s'insinue dans les plis de la ville. Il lèche les murs, se frotte aux étals. Dragon rouge et bleu qui ouvre la foule comme une étrave. Il y a des grappes de cycles au feu rouge, des

Vespa avec des jeunes filles droites comme des I, un foulard sur la bouche. Elles ont peur du soleil. Ici, on aime la peau blanche. Leurs yeux se ferment quand elles rient. Jean-Paul aime se balader dans les ruelles encombrées, à regarder les femmes se faire laver les cheveux, se coiffer entre elles. Le regard pudique se détourne. Parfois, la seconde de trop est une provocation. Tout est suggéré. Le rire est un impôt que l'on paie avec bonheur. Rue de la Soie, il achète des kimonos et des foulards pour Simone. Il filme une vieille femme qui tresse les cheveux d'une enfant. Elle ne veut pas. Il sourit. Elle aussi, sans dents. La petite fille apprend un poème. Il mange un *banh bao*, une pâtisserie en forme de sein, un mamelon rouge fourré à la viande. Délicieux. Il s'assied et regarde les femmes. Il cherche le visage de cette jeune inconnue que le père, soldat, avait remarquée. Il cherche le visage de Lan pour retrouver sa mère. Il regarde la longue tresse noire sous le chapeau de Hué, le corps fin et souple qui glisse en balancier. Il surprend un regard attardé sur lui. Il imagine. À Saïgon, le soldat français devait s'amuser dans les maisons de jeux pour y perdre sa solde. Il devait errer dans Cholon et fréquenter le Grand Monde. Les femmes des bars n'étaient pas toutes des putes. Il fallait manger et l'Occident faisait rêver. Quelle est cette vieille maîtresse de son père qu'il voudrait reconnaître dans la jeunesse vietnamienne ? Il appelle Lan. Il la verra demain.

Elle est venue l'attendre à l'aéroport. Ils font connaissance comme deux frères et sœurs séparés depuis la naissance. Ils se retrouvent. Auront-ils le temps de mieux se connaître ? Jean-Paul reviendra puisqu'il doit réaliser un document sur les Hmongs. C'est promis. Ah ! Elle a dit à sa mère qu'elle avait rencontré Jean-Paul. Son père doit le savoir, elle est désolée. Elle ne voulait rien cacher.

– Il y a tant de mystères, dit Jean-Paul.

– Non, vous verrez, il n'y a finalement rien de mystérieux.

– Une éternité de désirs refoulés et une passion écrite avec l'absence, c'est tout de même très étrange.

– Certainement, oui, dit-elle en riant. Ils vont se serrer la main. Ils s'embrassent affectueusement.

Lan le raccompagne en Vespa au New World. Il s'accroche au corps de cette femme déjà complice. Il ferme les yeux et pose sa tête sur son épaule. Ils communient en équilibre sur deux roues. Ils se balancent dans le trafic. Jean-Paul s'abandonne comme un enfant au manège.

Le père est assis sur le bord du lit.

– Elles sont sinistres, ces chambres.

– Tu m'as dit que tu avais l'impression d'être sur une passerelle de cargo.

– C'était une connerie. Un cargo, ça bouge. Celui-là est échoué.

Jean-Paul s'amuse.

Ils prennent un thé dans une petite échoppe sur le marché Ton That Dam.

– Tu aimes le thé, toi ?

– Celui-là, oui, bien noir avec les feuilles dedans.

Il grimace.

– C'est beau, Hanoï, tu devrais y aller.

– Un jour, j'irai.

Jean-Paul répète doucement : « Un jour. » Les camions klaxonnent les Vespa qui klaxonnent les vélos qui sonnent les piétons. C'est gai, chaleureux, enivrant. Ils ne disent plus rien. Après une éternité infusée et bue jusqu'aux feuilles, quelqu'un bouscule la table.

– Tu veux la rencontrer ?

Silence.

– Je ne sais pas.

– Ça te ferait plaisir ? Je comprendrais que tu refuses.

– Non.

– Ce soir alors. Demain, c'est le départ.

– Oui.

Jean-Paul téléphone à Lan.

– Ce soir. C'est entendu.

Lucien regarde son fils.

– Merci.

La maison est confortable, meublée avec un goût métissé d'Orient et d'Occident. C'est paisible. De la fenêtre, une haie de bambous cache les maisons voisines. Sur une petite table, il y a des photos du père, des cartes postales de La Rochelle, du port, des bateaux. Elles sont encadrées avec soin, comme des tableaux. Jean-Paul regarde Lucien en uniforme, sans calot, cheveux plaqués, jeune, beau. C'était à Saïgon. Il y a aussi un cliché d'Algérie. Il avait pris un peu de galons et quelques années. Une photo en civil plus récente est sous verre. Elle a été coupée. Il manque l'autre, la mère. Dans un cadre ovale, des photomatons prises à la gare de La Rochelle ou aux Dames de France sont collés par ordre d'âge. Un Lucien multiple, en collier autour du portrait de Thérèse.

– Je l'ai vu vieillir, dit-elle. Je ne l'ai jamais quitté. Je n'ai pas été étonnée de le revoir, je l'avais tant rêvé. J'ai seulement failli mourir quant il a frappé à la porte et que j'ai ouvert. Il est resté sans bouger, sans rien dire, comme maintenant. Nous étions paralysés. Mon sang s'est retiré. Trente-cinq années ! Il y a eu cette éternité entre nous. Le seuil qui nous séparait, la petite marche de l'entrée était devenue infranchissable. Il fallait faire ce pas de trente-cinq années, un pas gigantesque que nous avons eu peur de ne jamais pouvoir faire. Le sang est revenu, la terre s'est remise en orbite et je l'ai accompagné jusqu'à ce fauteuil.

Jean-Paul voit des papillons bleus tournoyer en couronnes autour des vieux amants. Ils se posent enfin sur leurs têtes comme deux hortensias. Jean-Paul fixe les deux hortensias. Il rit. Lan aussi, sans savoir, puis Thérèse. Tu aimais beaucoup les hortensias ! pense-t-il. Les gros hortensias de grand-mère le long du chai comme une grosse vague bleue sur le mur. Thérèse prend le collier de photomatons auquel est accroché un rang de perles. Elle le montre à Jean-Paul revenu de chez sa grand-mère.

– Son dernier cadeau avant de partir, des perles de la baie d'Along. Elles sont ternies, de mauvaise qualité. Il les avait payées très cher, mais les Chinois sont malins, bons commerçants, les femmes chinoises surtout. Il y a une perle pour chaque mois que nous avons passé ensemble, vingt-huit exactement. Il y a une demi-perle en trop. Nos noms sont gravés sur le fermoir en argent.

Thérèse est encore belle, elle a les gestes de la grâce. Ses mains s'attardent dans l'espace, se posent à peine, effleurent. Elles dessinent autour de Lucien des ailes tendres et délicates. Lan observe cet homme de l'autre terre, de l'autre vie de sa mère.

– Et toi, tu as eu des photos de Thérèse ? demande Jean-Paul.

Lucien répond en fermant les yeux, un oui profond désolé par le secret. Deux solitudes aux antipodes. Rien à ajouter. Jean-Paul demande à Lan si elle non plus ne savait vraiment rien, puisqu'il y avait des photos.

– Une mise en scène du jour, Jean-Paul, je ne les avais jamais vues.

– Elles étaient cachées dans cette boîte en palissandre, sourit Thérèse. Un amour en boîte qui attendait qu'un bon génie le délivre. C'est vous le bon génie, Jean-Paul. Il n'est pas certain que ce rôle soit confortable. Bon ! C'est ainsi.

Silence. Un silence en point d'interrogation, un silence curieux. Jean-Paul regarde Thérèse. Il voudrait savoir. Elle le devine.

– La littérature indochinoise est pleine de congaïs, de filles délaissées, de soldats pères, de Français et d'Américains repentis. Votre père et moi, nous ne sommes pas dans ce grand livre.

Elle rit. Lan aussi.

– Non, Jean-Paul, je suis tombée amoureuse, c'est tout. Nous n'avons jamais fait d'enfants. Nous avions si peur, tous les deux. Il devait repartir et il est reparti. C'était entendu ainsi et nous pensions sincèrement nous oublier. Nous le souhaitions, nous le désirions ardemment pour ne faire souffrir personne.

Il regardait par la fenêtre les nuages noirs bordés de braises sur lesquelles soufflait un vent d'éther. C'était la saison des pluies. Quand elle est entrée, elle portait un imper militaire trop grand pour elle. Il se leva précipitamment. Elle fut étonnée qu'un blanc puisse être si prévenant avec une Vietnamienne. L'officier qui l'accompagnait était derrière elle. Elle se dit que ça devait être par respect pour le supérieur. Présentations rapides. L'officier parti, il alla chercher une page dans un dossier et lui demanda de traduire à haute voix. Elle avait peu d'accent. C'était un dialecte du Nord qu'elle connaissait un peu. Elle était la femme d'un sous-officier vietnamien torturé et tué par le Viêt-minh au début de l'année précédente. Elle cherchait un emploi. Elle avait trente ans. Elle dessinait un trait fin sous ses yeux, c'est tout. Ça faisait six mois qu'elle était dans ce bureau maintenant. Elle ne le regrettait pas. Elle était utile et ce travail l'amusait même s'il fallait parfois traduire des choses pénibles qu'elle devait garder secrètes puisqu'elle était dans une aile discrète du Renseignement français.

Elle apportait du thé
Du thé noir avec des feuilles amères.
Il buvait de la chicorée au lait
Une chose horrible, disait-elle
Il était sergent de l'armée de terre
Elle habitait Saïgon près du fleuve
Il apportait des pâtisseries françaises
Elle revenait avec des gâteaux vietnamiens
On la tutoyait
Il la vouvoyait.

Elle s'habillait parfois à l'européenne mais il préférait son corsage à fleurs avec les boutons tressés et le col officier. Elle l'appréciait avec son calot. Quand il l'enlevait, il se lissait machinalement les cheveux en arrière comme Valentino. Il était moins beau que Valentino, mais c'était autre chose. Il se demandait si elle avait des aventures depuis la mort de son mari. Elle ne savait pas s'il fréquentait Cholon le « Grand Monde » comme tous les soldats, pour jouer ou voir les filles chinoises. Les plus belles pagodes étaient à Cholon, mais il ne devait pas les connaître.

Souvent il restait tard le soir pour écrire. Une fois, elle avait osé demander s'il écrivait à sa famille. C'était bête comme question, elle s'en était excusée. Elle n'avait rien dit sur cette femme qu'elle avait aperçue dans son portefeuille ouvert qu'il avait oublié un instant sur le bureau. C'était le hasard, elle ne voulait pas. C'était une photo noir et blanc de studio, un portrait où elle souriait avec de grands yeux pâles et une chevelure opulente. Brune, du moins lui semblait-il, ou châtain peut-être. Oui, plutôt châtain.

Parfois, le matin, ils se rencontraient dans les allées de Palmes. Il saluait les officiers qui lui répondaient en la regardant elle. Il n'aimait pas ces regards là. Non pas qu'elle lui appartenait mais il connaissait ces regards. C'est tout. Elle souriait de le voir se fermer. Elle trouvait qu'il était plus élégant qu'eux de toute façon. Elle glissait vers le baraquement en froissant à peine, au sol, les feuilles aux nervures de verre. Elle laissait une aura parfumée et quand il s'effaçait pour la laisser entrer, il regardait un instant ses cheveux, sa nuque, ses épaules, son dos droit qu'il devinait ferme sous le tissu. Elle sentait ce regard sur elle mais l'ignorait avec délice. Souvent elle prolongeait l'instant en esquissant un geste inutile ou en fouillant dans la poche de son imper pour qu'il prenne son temps, le temps de la dévorer.

Après qu'il eut maintes fois frôlé son épaule pour lire les messages déchiffrés jusqu'à sentir quelques cheveux d'elle échappés de sa tresse et qui électrisaient ses joues, il avait fini par mettre une fleur sous la housse de la machine entre les touches avant qu'elle n'arrive. Elle n'avait rien dit. Il avait recommencé tous les matins. Le remercier aurait été d'une impudeur mortelle. Il l'aurait bien emmenée au cinéma un dimanche pour voir *Le Jour se lève* qui passait à l'Éden. Mais il avait peur qu'elle refuse. Les Vietnamiens n'aimaient pas voir les filles avec les blancs et surtout les soldats. On l'aurait prise pour une congaï ou pire, une prostituée. Un matin elle trouva une fleur d'hibiscus rouge avec un message qui enlaçait la tige.

Ma chicorée est certainement horrible
Mais votre thé est insipide
Apprenez-moi à l'aimer
Ce qu'elle fit…

Jean-Paul regarde les cartes postales sur la table de laque noire. Il pense à sa mère si loin de tout ça, et lui si loin d'elle, trop loin. Pardon. Il y a quelque chose d'irréel dans ce petit salon vietnamien, quelque chose de fragile comme les papiers de soie sur la fenêtre, comme la blondeur de la commode en citronnier, comme le visage de Thérèse et le cœur du père. Les deux tours dans leur petit cadre d'ivoire sont d'un exotisme délicieux. Un peu comme ce petit service à saké que Lucien avait rapporté à Simone avec des pyjamas et des bols de laque rouge. Il y avait aussi une canne à pêche en bambou refendu pour Jean-Paul. Elle est toujours dans la cabane du fond. Étranger, du mot étrange, voilà ce qu'il ressent. Il est un étrange étranger ni heureux ni malheureux d'être là. Il n'a soudain aucun sentiment. Ça va passer. C'est une situation un peu théâtrale, il devrait y être habitué. Lan est comme une sœur affectueuse qu'il n'a jamais eue.

Thérèse a une douceur et une fermeté déconcertantes. Elle est assise au bord d'une petite banquette dans une robe grise et rouge à boutons tressés. Elle tend à Jean-Paul un livre en bois avec des miniatures florales peintes.

– J'avais repris quelques études après le départ de votre père mais la guerre n'a jamais cessé et j'ai fini par travailler pour un vieil illustrateur du quartier qui m'a patiemment appris à modestement peindre. Il y a quelques proverbes vietnamiens, un petit texte de Lao-Tseu et une prière bouddhiste.

Elle sourit, espiègle.

– Votre père a eu quelques velléités envers Bouddha, mais des velléités seulement.

Friselis de rire en arpège. Le père ne dit rien. Il est assis lui aussi, comme en visite avec son petit porte-documents bleu sur les genoux.

Elle montre à Jean-Paul une photo de Lucien en kimono, l'autre père qu'il n'a jamais connu. Il imagine cet homme émerveillé par un ailleurs qu'il foulait allégrement d'une démarche de conquérant timide.

– Je dois rentrer, murmure Jean-Paul.

– Bien sûr.

– Moi aussi, dit soudain Lucien en se levant.

– Je peux rentrer seul.

– Non. Je rentre avec toi.

– Nous nous reverrons.

– Certainement, dit Lan. Jean-Paul reviendra pour aller dans le Nord, vers Kao Bang. J'en serais heureuse.

Le père dans la voiture attend quelque chose. Il est tendu, à l'écoute.

– Elle est magnifique, dit Jean-Paul. Le père se détend. Il sourit avec une quinte de toux. On n'a jamais parlé. Tu m'aurais aidé.

– Tu crois ?

– C'est certain. Tu m'aides, tu sais. Parle-moi.

– Si tu savais tout ce qui est enfoui, cadenassé, verrouillé.

Comment ôter la rouille sur les mots justes et clairs, sans déchirer, sans faire mal ? Elle est là, la souffrance. Comment marteler sans blessure ? Comment dire sans heurter ?

Le père donne au fils le petit porte-documents bleu avec des lettres à l'intérieur.

– Voilà, c'est pour toi. Il y en a deux cent deux. Deux cent deux, comme ma première voiture. Ce sont des lettres que je t'ai écrites depuis le début. Tu avais cinq ans. Je ne pouvais pas parler de ce bonheur et de cette souffrance à ta mère ni à personne d'autre que toi. Je les ai toutes gardées jusqu'à ce jour. Ce sont des mots à moi, ceux de Thérèse parfois que je rapporte.

Jean-Paul prend le dossier bleu et le pose sur ses genoux. La voiture qui les ramène à l'hôtel fait un long travelling dans Hô Chi Minh-Ville, le Saïgon du père. Deux garçons sur une Vespa se retournent vers les Occidentaux. Ils ralentissent, accélèrent, font des signes. Ils rient, se réjouissent de leur jeunesse. Jean-Paul les salue puis se penche vers Lucien. Il lui prend la main.

– Il y a beaucoup de lettres.

– C'est un peu normal pour un homme qui ne parle pas, ou peu, et surtout ne sait pas dire ce qu'il ressent parce que ficelé avec les mots impossibles à dire, des mots qui empoisonnent. Il les a écrits, c'était plus facile. Il les a écrits pour toi, mieux que ceux qu'il a écrits à Thérèse peut-être. Dans notre liaison, il y a eu des absences. Il manque les premiers mois et les dernières années. Parfois des lettres que j'ai chiffonnées, brûlées ou perdues. Il y a aussi les tensions, des bouderies dans le genre j'attends qu'il écrive, j'attendrai qu'elle réponde. La vie d'un couple tout simplement, une relation épistolaire après des années fiévreuses et malhabiles. À toi, j'ai tout dit. Plus le temps passait, moins j'étais capable de parler. Alors, oui, j'ai beaucoup écrit et ça m'a aidé à ne détester rien ni personne. Tu vois, deux vies, c'est pas lourd, à peine un livre, deux cents pages. Drôle d'histoire, Jean-Paul. Tu en sauras un peu plus sur moi, puisque tu le souhaitais. Et un peu plus sur Thérèse. Ce sont des pointillés de nos vies avec des manques et des regrets. C'est du passé.

– Tu avais prévenu quand tu as su que tu venais ?

– Non, j'ai reçu sa dernière lettre il y a deux ans. J'ai continué à écrire sans réponse. J'avais peur qu'elle ne soit plus en vie et à la fois je le souhaitais presque. Un manque et un soulagement. Deux espoirs contradictoires. Pas simple.

– Et si elle avait disparu ?

– Je serais revenu avec toi.

– Pourquoi n'a-t-elle plus écrit ?

– Elle a été malade et craignait de mourir. Elle va mieux et moi aussi.

Le soir dans le couloir de l'hôtel, ils s'étreignent. Personne ne saurait décrire ce qu'ils ressentent tous les deux. Le père et le fils. Ils regardent très loin à l'intérieur, ils fouillent la pénombre.

Il raconte que sur le bateau qui le ramenait en France il s'était promis de revenir, d'avoir le courage de dire qu'il avait rencontré quelqu'un, qu'il changeait de vie. Mais le retour avait été une noyade dans l'habitude. Il avait été englouti par la lâcheté. Comment avoir le courage de retourner là-bas, de laisser définitivement une femme et un enfant ? Quel travail aurait-il pu faire ? Comment aider deux familles avec un certificat d'études et des notions de comptabilité ? Il aurait fallu laisser sa propre mère au bord du marais. Il aurait fallu ne pas revenir, c'est tout. Il aurait fallu un courage inouï, être égoïste, dire merde. Il aurait fallu dire merde, voilà ! À cette époque et dans son milieu, c'était gonflé. Mais Lucien n'était ni un aventurier ni un révolutionnaire, encore moins un novateur. Il était assommé par une addition d'« il aurait fallu » ajoutés à l'ignorance et aux principes. Lui qui avait appris la liberté en s'évadant des camps avait été incapable de fuir la routine, de dénoncer un contrat. Il croyait être honnête et ne savait pas que le temps l'enliserait sans effacer le conflit qui le rongeait d'où naîtrait le crabe qui le bouffait aujourd'hui. Il aurait voulu être le héros qui dit merde et remerde et se tire au bout du monde. Il aurait voulu être ce René Caillié qui était né près de la Grève-sur-Mignon, à Mauzé, et qui s'était déguisé en musulman pour rejoindre Tombouctou. Il tentait de dire cela à Jean-Paul dans cette dernière étreinte. Il voulait dire combien il admirait son fils d'avoir choisi et combien il l'aimait tout simplement.

Par la porte entrouverte, Jean-Paul aperçoit la petite valise sur le lit.

– Tu retournes là-bas ?

– Oui.

– Je te raccompagne alors !

Ils sourient.

– Non, il faut finir. Il faut que j'aie au moins ce courage.

Lucien, doucement, murmure à l'oreille de Jean-Paul :

– Prends soin de ta mère.

Le père reparti, Jean-Paul se gèle. Il frissonne dans sa chambre du New World. New World ! Des mots. Quelqu'un lui proposerait une roulette russe qu'il accepterait, des lignes de coke, n'importe quoi. Il serait capable de se remettre à fumer là, tout de suite. Il pense à Simone, là-bas. Il tente plusieurs fois de l'appeler mais s'interrompt avant la première sonnerie. Laisse-la dormir. Que lui dirais-tu ?

Il se retrouve au bar. Il demande une vodka. Plus tard, il file au vieux Continental. Pour voir, humer, trouver des empreintes. Tu rêves. Il demande encore une vodka. Une femme est assise au comptoir. Elle fume. Elle a les ongles rouges comme ses lèvres. Elle est brune. Elle a des yeux gris. Elle ne regarde nulle part. Jean-Paul la connaît. Il l'a déjà vue. Il la fixe sans indécence, avec une curiosité agacée. Française ? Pute ? Non, elle est un peu trop chic, avec une élégance discrète dans le geste et la tenue. Le serveur lui apporte un cendrier.

– Merci, Joseph !

Elle a une voix rauque d'alcoolique et un regard inachevé. Jean-Paul se souvient. Cette femme était dans un roman de Marguerite Duras, *Un barrage contre le Pacifique*. Cette femme que le jeune Joseph avait rencontrée dans un cinéma d'une petite ville indochinoise avait aussi les yeux gris, des ongles rouges comme les lèvres. *Quand elle portait sa cigarette à la bouche, ça faisait comme une blessure.* C'est pour cela que Jean-Paul a envie de coucher avec elle. Pour ces yeux gris et cette blessure. Il reste longtemps à la regarder et à boire de la vodka. Elle lève enfin les yeux sur lui sans le voir. Même cette absence lui donne envie de coucher avec elle. Il sourit. C'est un sourire de solitude qui signifie : « Je vous ai reconnue. » Elle hésite à répondre. Elle ne sait pas qu'elle est issue d'un roman de Marguerite Duras. Toujours sans le voir, elle finit par sourire elle aussi. Son autre main est posée sur le bar, une main sans bijou comme oubliée par son propriétaire. Jean-Paul est à un mètre d'elle. Il s'approche et pose sa main sur la sienne, surpris par une audace qu'il ne soupçonnait pas. Elle ne retire pas sa main. Continue la scène, Marguerite, je t'en prie, comme au cinéma de Ram avec Joseph. Écris pour moi. Ils se regardent un moment.

– Vous avez de jolies mains, dit-elle sourdement, à peine audible. Il pourrait l'embrasser là, tout de suite, la caresser devant tout le monde. Jean-Paul esquisse un geste.

– Ne bougez pas, laissez votre main.

Elle l'enveloppe du regard, le plonge dans l'oubli. Il s'abandonne.

Ne me laisse pas, Marguerite, écris que je vais la suivre dans le grand escalier, la regarder se balancer à chaque marche et que cet escalier n'en finit pas. Écris que sans un mot elle s'adosse près d'une photo du Mékong dans la pénombre du couloir. Elle semble sortie de cette Chevrolet noire qui est arrêtée sur le quai. Un sampan l'attend. Elle dit que des hommes la prennent l'un après l'autre mais qu'elle ne les aime pas. Elle le tire vers elle pour l'embrasser. Un homme passe, un Chinois. Elle cache son visage sur l'épaule de Jean-Paul. Puis elle regarde le couloir vide et murmure :

– Quel est ton nom ?

– Jean-Paul.

Elle ne dit pas le sien puisque c'est la femme dénommée « la femme » dans le roman de Marguerite Duras. Ça se passait dans la voiture la première fois, une huit-cylindres. Là, on ne sait pas encore. Elle passe devant une porte.

– C'est ma chambre.

Elle ne s'y arrête pas.

– Tout à l'heure. Viens.

Elle attaque une porte de service, un escalier sordide. Ils débouchent sur une terrasse sous le ciel d'Asie. Elle s'appuie sur la rambarde, se penche au-dessus du vide. Jean-Paul s'approche, lui mord le cou, fait courir ses mains sur la robe légère. Elle frissonne. Elle le sent contre elle, chaud, perdu comme elle. Elle se laisse faire. Ils se sont reconnus. Il la prend jusqu'à la jouissance.

– Je suis si loin, dit-elle. Je voudrais dormir avec toi.

Dans la chambre, ils s'endorment. Marguerite a cessé d'écrire.

Il finit sa vodka. Au comptoir, la femme aux ongles rouges comme ses lèvres se penche dans la lumière. Elle a terriblement vieilli.

Aéroport. Après la douane, Jean-Paul se réfugie dans un coin de la salle d'attente. Par la vitre, il aperçoit Thérèse, Lan et le père qui ne l'ont pas quitté du regard. Les deux femmes saluent avec un sourire timide, les mains jointes sur la poitrine. Lucien ne bouge pas, il fixe son fils, c'est tout. Il imprime son visage. Puis il se retourne lentement et s'en va. Les deux femmes le rejoignent. Ils disparaissent derrière un chariot de fleurs.

Jean-Paul n'arrive pas à réfléchir. Il nage, désordonné, dans une eau sombre et agitée. Qu'est-ce que je vais dire à Simone ? Qu'il a été hospitalisé ? Qu'il est intransportable ? Jean-Paul ne sait comment assumer le poids de cette responsable absence, de ce non-retour. Que dire, bon sang ? Que faire ? Il peut retourner là-bas quand il veut, faire des images. Il en manquera toujours, surtout celles du père, même s'il l'a filmé à maintes reprises. Il manquera toujours celles de l'autre vie, celles de la mémoire. Tout est à dire encore, à faire, et lui là-bas qui peut disparaître demain avec cette partie inconnue. Le peu qu'il en savait aujourd'hui ne faisait qu'ajouter à l'ignorance. Les vies s'anéantissent, se dissipent et le temps gâché est gâché. Foutaise et banalité.

Il était dans les brumes d'une histoire qu'il ne reconnaissait pas, l'histoire d'un autre avec des lignes de vie effacées, raturées, illisibles. Quelle connerie d'apprendre à vivre trop tard, de n'avoir du courage qu'après la bataille ! Ce que Jean-Paul a vécu depuis son départ de Saïgon jusqu'à cette fin de voyage, à l'approche de La Rochelle, est une page absente de son carnet de route. Il y a omission de vie, un morceau de vie sans vie.

Jean-Paul se lance sur le quai avec l'enthousiasme d'un soldat dans une bataille déjà perdue. Il suit la foule sans conviction jusqu'à deviner la petite silhouette de sa mère près du kiosque. Elle ne l'a pas vu. Il s'arrête un instant à regarder ce visage bousculé par le flot des corps étrangers. Elle seule reste nette et Jean-Paul photographie l'instant, le premier depuis le Viêtnam, c'est un cliché de la mémoire. Simone est soudainement la somme de toutes les solitudes. Elle est immobile, avec ce regard émouvant d'un espoir illusoire. Elle cherche son fils et son mari. Elle a manqué le train et raté son voyage. C'est ce que pense Jean-Paul à cet instant insupportable où il serait capable de donner ce qui lui reste de vie pour qu'elle puisse tout recommencer. Il a envie de pleurer devant cette femme fatiguée, fragile et cependant souriante. Ce qui reste à sa mère est la générosité. Il le sait. Il soulève des pieds de plomb et déchire un sourire. Elle est chaude sur son cœur mais ses joues sont glacées.

– Alors, comment ça s'est passé ?

– Bien, très bien.

Jean-Paul est dans le coton, le cœur comme un poisson dans la nasse.

– Et toi, maman ?

– Ça va. Ton père n'est pas trop fatigué ?

– Non.

Silence.

Elle sourit.

– On y va ?

Il regarde autour de lui, indécis. Elle l'observe. Elle monte côté passager.

– Conduis, toi.

Jean-Paul s'assied. Il semble vivre un affreux ralenti, une mer d'incompréhension, une vague d'huile lourde qui noie l'habitacle. La voiture est un étau.

– Qu'est-ce que tu attends ? On rentre.

Ils roulent en silence avec les lumières du port qui dansent comme des lucioles affolées. Les lampadaires caressent le visage effacé de sa mère. L'obscurité fragmentée la parcelle comme un masque brisé.

Simone regarde loin.

– Il faudra que j'arrête de conduire. Je n'y vois plus grand-chose. Le médecin me l'a demandé. On vendra la voiture, à moins que tu ne la veuilles ?

– Non.

– Alors on la vendra.

Le silence pourrait se prolonger indéfiniment. Devant la porte du pavillon, ni Simone ni Jean-Paul ne sont capables de bouger. Une torpeur presque confortable les envahit. Deux phares balaient la barque échouée sur le trottoir. Éblouissement. Jean-Paul se redresse un peu, ouvre la fenêtre. Un peu d'air frais le ramène à la surface.

– Tu savais ?

– Oui.

– Pourquoi n'as-tu rien dit ?

– Pourquoi faire ?

– À ne pas poser des questions, on ne sait jamais rien.

– Si, on sait, Jean-Paul. On sait que ça ne vous appartient pas. C'est l'autre vie, celle qu'on invente, qu'on rêve et que miraculeusement parfois on vit. Le miracle, c'est qu'il aura vécu un peu son rêve. Moi, je n'ai fait que rêver, j'ai vécu une fiction comme dans tes histoires à toi, une fiction.

La Simone inconnue se révélait soudain clairvoyante, lucide, intelligente, vivante, ce qu'elle avait toujours été. Le concret des événements l'avait entraînée dans ce tunnel avec pour seul horizon un éclat de lumière inaccessible de l'autre côté de la nuit.

– Tu aurais pu l'aider et réciproquement.

– C'était à lui de m'en parler. Ça lui appartient. Je ne peux pas lui prendre ça. Je regrette qu'il n'ait pas choisi plus tôt, que son vrai courage se soit exprimé seulement devant la mort. Je ne devrais pas dire ça.

– Il y avait nous.

Silence.

– Je ne sais plus si j'ai éteint le gaz en partant.

Elle essaie de s'échapper. Elle se débat comme un oiseau dans la main de son fils. Il la retient encore un peu.

– Il t'aimait aussi.

– Peut-être. Tu as raison, j'aurais pu l'aider à son retour de Saïgon. Je l'avais lu sur son visage, dans ses absences. J'aurais été libre plus tôt. (Sourire.) J'aimerais voyager maintenant.

– Tout ce temps d'attente, tout ce temps, maman.

– Elle écrivait au restaurant chez Thuan. J'avais vu les lettres dans l'établi. Je ne les ai jamais lues.

– C'est vrai ?

Simone ferme les yeux. Le mensonge torture, mais la vérité use. L'autre vie de l'autre n'est de toute façon qu'un reflet sur une eau trouble.

– Si, quelques-unes pour me faire mal et ne pas haïr, pour tenter de connaître ce que j'ignorais de lui, savoir ce qu'il lui disait à elle et qu'il ne m'a jamais dit. A-t-elle des enfants ?

– Une fille née en 1949. Papa est arrivé en 1950.

– Je sais.

Ce fut un amour partagé, étouffé de part et d'autre, un amour tranché par la vie, les séparations, les contraintes, les difficultés quotidiennes, les incompréhensions et les malentendus. Stop, ça suffit. Drôle d'amour quand même. Elle accepte de partager encore. Elle n'a pas de haine ni d'amour bien sûr pour cette femme des antipodes. Elle a même de l'admiration. C'est un lien sourd, un mariage étrange et secret. Ce qu'ils n'auront pas partagé, c'est le quotidien. Le quotidien qui ronge, qui ponce les couleurs des jours. L'habitude qui scie les branches du bonheur l'une après l'autre. Qui sait quelle usure elle aurait supportée, la Vietnamienne ? La mort de Lucien ne lui appartient pas. À qui appartient-elle sinon à lui seul ? Il avait enfoui l'amour pour l'emmener où ? Elle qui ne croyait en aucun dieu n'admettait pas que la mort soit une fin. Ça n'avait pas de sens. Pour elle qui acceptait que la vie n'ait pas de sens, la mort ne pouvait pas ne pas en avoir.

Jean-Paul regarde devant lui. Il devine le profil de sa mère étrangement paisible soudain. Simone est en paix. Elle ressemble à cette femme de son enfance qui le tenait par la main sur le mail de La Rochelle ou à ce cliché d'elle, jeune fille, que la vie impatiente attendait. Elle ressemble à sa mère qui s'éloigne tout simplement.

Le lendemain, Jean-Paul au bout d'une nuit finalement sereine regarde la vie comme quand le père n'était pas là, pendant les guerres.

UNE HISTOIRE SIMPLE

« La plus grande vertu des longues absences est de pouvoir 'rêver' ceux qu'on aime. Au retour, il arrive qu'on en meure. »

Nicolas Bouvier

« Pour moi, Brest est une séquence essentiellement féminine. »

Blaise Cendrars

C'est une histoire de marins et de femmes de marins. Ça pourrait se passer à Sydney, Veracruz ou Manille. Celle-ci se passe à Brest.

Elle s'appelait Hélène. Elle avait une fille, Lise, qui avait treize ans. Lui, le marin, leur racontait des histoires, des histoires de là-bas, en Afrique, en Australie, en Polynésie. Il partait plusieurs mois et quand il revenait, il racontait. Elle l'avait rencontré dans un dancing, La Salamandre. Elle était avec une amie. Ils avaient dansé. Le mari d'Hélène était parti sans laisser d'adresse. Lui, le marin, revenait de la Côte d'Ivoire et du Bénin. Il repartait souvent. Ils s'étaient revus. Ils s'étaient plu. Elle l'écoutait. Il aimait ça. Il était venu à la maison pour déjeuner, puis pour dîner. Lise l'aimait bien. Il avait toujours une histoire dans sa poche, vécue par lui ou d'autres marins. Peut-être qu'il inventait. Peut-être. Mais c'était plus beau que les histoires bretonnes. Il y a aussi de belles histoires bretonnes, avait dit Hélène qui était du Conquet et s'appelait Le Guen. Tu parles, avait dit Lise. Le marin connaissait un certain Guillaume Kerboul, un marin comme lui qui racontait des histoires de sa Bretagne à l'intérieur des terres, du côté de Brocéliande mais aussi du côté de Quimper. Il était d'Ellian, un village où il ne se passait rien que de l'extraordinaire, disait Kerboul. Mais Lise avait dit qu'elle préférait les histoires du marin, que c'était mieux que ce que racontaient les profs ou ses copines de classe. Elle ne parlait pas des garçons, ils étaient trop nuls.

– Elles sont comment, les filles au Sénégal ?

– Noires, répondait le marin. Ils riaient. Elles sont longues, fines, comme un bronze chaud.

– Elles font bien l'amour ? demandait Lise.

La mère s'offusquait. Pas le marin.

– Oui, c'est agréable. Elles sont coquines.

Un soir, il était resté à la maison. Lise était allée dormir. Elle avait entendu les gémissements de sa mère. Elle s'était caressée. Il n'y avait pas longtemps qu'elle prenait du plaisir à se toucher. C'était un peu avant ses règles. Pendant l'année, le marin venait entre deux missions. Il dormait chez Hélène. Il leur donnait les dernières nouvelles du Brésil, du Costa Rica ou de la Guyane française. Lise faisait de la géographie. C'était bien. Un après-midi que le marin faisait une sieste, Lise était venue le voir dormir. Elle était restée appuyée contre le chambranle pendant qu'il roupillait. Hélène travaillait dans un magasin de vêtements. En rentrant, elle avait fait un dîner pour l'anniversaire du marin. Il l'avait demandée en mariage. Ils s'étaient mariés à la mairie. Ils n'étaient pas croyants. Il n'y avait que Lise et les deux témoins. Le premier était une collègue d'Hélène qui travaillait au magasin avec elle et le deuxième un quartier-maître sous-marinier que le marin avait rencontré à Dakar. Mon seul copain, avait-il dit. Ils étaient allés dîner. Ils avaient beaucoup bu. Ils s'étaient photographiés les uns les autres. Lise s'était ennuyée. Elle avait appelé le marin beau-père en se moquant. Lise avait pensé : pourquoi on se marie, dans le fond ? Pour signer que l'on est bien ensemble ? Qu'est-ce que ça change ?

Un jour, dans les bagages du marin, Lise avait piqué une photo de lui avec une Néo-Zélandaise. Il y avait marqué : « *Wellington, 1976.* » Elle avait pris celle-là parce qu'il souriait. Il y en avait d'autres où il posait avec des femmes. Une où il était à la machine dans la vapeur d'eau. Il y avait un cliché assez drôle où il était de dos pendant le passage de la ligne. Il y avait beaucoup de marins nus sur le pont qui se chamaillaient avec de l'eau et de la farine. On aurait dit une fête africaine. Elle l'avait reconnu à son tatouage, un serpent sur l'épaule. Elle l'avait remarqué quand il se rasait torse nu et qu'elle s'était cachée pour le regarder. Cette photo, elle ne l'avait pas prise. Il était reparti pour la Baltique un matin très tôt. Hélène avait préparé son café. Lise attendait qu'il vienne lui dire au revoir. Il n'était pas venu. Elle était triste. Elle n'avait rien dit à Hélène. Après l'école, elle était allée à

Recouvrance. Elle avait essayé de voir les bateaux. Elle savait bien qu'il était parti mais elle voulait voir les bateaux. Elle collectionnait les timbres avec les tampons de Hong-Kong, Dakar, Durban, San Francisco, Papeete. Le marin lui envoyait de belles enveloppes avec des dessins imprimés. Il écrivait des lettres avec des histoires parce qu'il savait que Lise aimait ça. Hélène aussi recevait des lettres.

– Qu'est-ce qu'il te raconte à toi ? demandait Hélène.

– Rien ! répondait Lise. Juste travaille bien à l'école. Il ne se foule pas.

– Il t'envoie de belles enveloppes.

– Oui et toi, qu'est-ce qu'il te dit ?

– Curieuse. Il me dit qu'il pense à moi et qu'il m'aime.

– Ah !

Lise savait très bien ce que le marin écrivait à sa mère. Hélène laissait les lettres sur la table de nuit et Lise les lisait. Lise trouvait que ses lettres à elle étaient plus intéressantes que celles que le marin écrivait à sa mère. À Lise, il envoyait une histoire de chaque port. Quelquefois c'était drôle, quelquefois non. Il y en avait même qu'elle ne comprenait pas, qui n'avait pas de sens. C'était bien quand même. Il y avait celle de Perth, en Australie. C'était l'histoire d'une petite fille qui avait sauvé un koala. Il la prenait vraiment pour une gamine. Mais c'était très beau, elle avait bien aimé. Celle qu'elle préférait venait de Veracruz. Le marin racontait que là-bas, le soir, sur la place de l'église, les gens se promenaient en rond autour de la statue d'un général. Les filles tournaient dans un sens et les garçons dans l'autre, comme des phalènes. Quand ils faisaient connaissance, ils se promenaient ensemble. Il y avait des cafés autour de la place. On y prenait surtout du *café con leche* ou de l'alcool blanc.

Le marin était avec un copain à une terrasse. Ils regardaient les gens. Les filles surtout, pensait Lise. Son copain avait vu une Mexicaine très jolie avec son amie. Elle avait repéré un garçon qui lui plaisait. Au tour suivant, le garçon la fixait. Elle baissait les yeux. Au tour d'après, elle avait cherché de loin à le reconnaître. Lui aussi. Ils s'étaient souri. Je te parie que le prochain tour ils sont ensemble, avait dit le marin. Il avait raison. Ils marchaient tous les trois en riant. Quelqu'un avait arrêté la fille pour lui parler. Une connaissance peut-être, un type pas très jeune. Il s'était joint au groupe. Après la statue, le garçon avait tiré la fille hors de la ronde des amours et ils avaient disparu. Le monsieur plus âgé, qui avait au moins l'âge du marin, était resté avec l'autre fille. Ils bavardaient. Les gens commençaient à partir. Il était tard. Il y avait ceux qui n'avaient pas rencontré l'amour et ceux qui se promenaient pour être fidèles à la tradition. Ils ne demandaient pas de supplément. D'autres discutaient politique ou philosophie. Le marin et son copain observaient le type avec la très jeune fille. Ils trouvaient ça louche. Ça agaçait l'autre de voir cette jolie fille toute fraîche avec un type comme lui.

– C'est peut-être son père ?

– Un père ne regarde pas sa fille comme ça et une fille son père comme ça.

– T'as bien vu qu'ils n'étaient pas ensemble.

La fille plaisait au copain. Ça l'énervait vraiment, ce type. Elle était trop jeune pour lui.

– Pour toi aussi alors, avait dit le marin.

– Déconne pas.

Ils avaient suivi le couple à la fermeture des bars. Ils avaient remonté une longue rue puis traversé un petit pont dans une zone sombre. Il y avait des baraques en bois. Ils étaient entrés dans une cabane. Les marins avaient attendu. Il y avait eu des bruits suspects. Le copain était allé voir. Il était revenu.

– C'est dégueulasse, ils font l'amour debout. Elle est accrochée à lui comme un petit koala. C'est dégueulasse.

Le lendemain, ils avaient appris que le petit koala avait été étranglé dans un cabanon de la banlieue de Veracruz.

Lise pensait qu'il y avait beaucoup d'histoires avec des koalas. Le marin devait aimer ça. Il avait ajouté : *« Ne dis rien à ta mère ça lui ferait peur. Ta mère croit tout ce qu'on lui raconte. »* Il était revenu au printemps. Hélène était allée attendre le bateau. Lise était à l'école. Elle voulait sécher les cours. Hélène avait dit non, que c'était son amoureux et son mari et que Lise n'était pas sa fille. Lise avait pleuré. Le marin avait acheté des colliers de nacre pour Hélène, un poncho pour Lise et un koala en peluche avec lequel elle dormait. Le samedi, il y avait eu une visite du bateau pour les familles des équipages. Hélène et Lise avaient déjeuné à bord. Lise avait voulu voir le poste où dormait le marin. C'était étroit, pour douze.

– Ça sent l'homme, avait dit Hélène.

– Évidemment, avait dit Lise.

Ils étaient allés à la passerelle puis aux machines. Ils avaient même rencontré le commandant. Lise aurait aimé être marin. Tu peux si tu veux, lui avait dit le marin. Un dimanche, Hélène avait voulu aller au Conquet faire une balade. Ils avaient déjeuné sur l'herbe de la falaise. Lise avait un livre à lire pour l'école, un roman de Tourgueniev : *Premier amour*. Lise avait lu un passage qu'elle aimait particulièrement. C'est Zénaïda qui parle, avait-elle dit : *« Qu'avez-vous, qu'avez-vous donc, Volodia ? répéta-t-elle. Elle posa les lèvres sur sa joue mouillée. Oui, je suis coupable à votre égard, Volodia. Oh je suis très fautive, ajouta-t-elle en se tordant les bras...* Lise regardait le marin... *mais il y a tant de forces obscures, tant de péchés. À présent je ne me joue plus de vous, je vous aime. Vous ne sauriez imaginer pourquoi ni comment...* » Hélène était de mauvaise humeur. Le marin ne savait pas pourquoi. Elle avait dit qu'elle en avait assez de travailler. « Bon. Arrête si tu veux. On aura moins mais ça suffira bien. » Lise était allée au bord du vide derrière une roche. Elle avait appelé pour qu'ils viennent voir.

– Vas-y, avait dit Hélène, moi je reste au soleil.

– Il y a du soleil là-bas aussi, avait souri le marin.

– Non, je ne bouge pas.

Lise se penchait dangereusement.

– Retiens-moi, je veux voir l'écume en bas.

Il l'avait retenue et il avait senti ses petits seins sous sa robe d'été. Il était gêné. Hélène n'avait rien vu. Ils étaient cachés. Lise avait regardé l'écume longtemps. Il faisait très chaud. Ils étaient allés sur une plage pour se baigner. Le marin trouvait que la mer était froide. Seule Lise avait nagé. Elle n'avait pas mis de haut et ses petits seins pointaient devant elle avec la fraîcheur de l'eau. Ce sont presque les seins d'une femme, pensa le marin. Hélène allait mieux. Elle riait.

– Regarde ses seins, avait-elle dit, comme ils sont orgueilleux. Elle a le sein gai. Les miens sont un peu tristes.

– Mais non, avait dit le marin. Ils sont pleins et lourds comme j'aime.

Elle l'avait embrassé pour ça. Ça agaçait Lise quand sa mère embrassait le marin en public.

Un matin qu'elle n'allait pas à l'école et que sa mère travaillait, Lise s'était levée tôt et avait fait le café. Elle lui avait porté un plateau avec une tartine de beurre salé comme il aimait. Elle avait aussi décongelé un croissant au micro-ondes. Elle l'avait fait griller. Il ne dormait pas. Il sentait l'odeur du croissant chaud et du café. Elle avait frappé. Elle s'était assise à côté de lui sur le lit.

– Bonjour.

Il l'avait remerciée.

– Tu ne vas pas à l'école ?

– Non.

– Alors, pourquoi tu t'es levée si tôt ?

– Pour faire ton café.

Il ne savait que dire. Elle avait juste un tee-shirt. Il voyait ses cuisses, mais il s'obligeait à ne pas regarder. Il buvait son café en louchant. Elle ne bougeait pas pour qu'il ne le renverse pas. Il voyait en haut de ses cuisses l'ombre de son sexe à elle. Elle ne le cachait pas. Elle ne faisait pas attention. Lui, ça le gênait de voir le sexe de Lise même si ce n'était qu'une ombre.

– Tu ne manges pas ta tartine ?

– Si, mais ça me gêne que tu me regardes.

– Trempe-la dans le café, comme tu aimes.

– Je vais en renverser.

– Ça ne fait rien.

Elle aimait bien le voir tremper sa tartine et la porter à sa bouche. Elle aimait voir le café couler sur son menton. Elle le regardait la bouche ouverte. Il était vraiment mal. Il n'osait pas lui dire que ce n'était pas bien de rester là et de montrer l'ombre de son sexe pendant que le café coulait sur son menton. Le marin avait son sexe à lui comme un bois bandé sous le drap. Il fallait que la petite s'en aille, qu'elle ne remarque rien.

– J'aime bien les histoires que tu me racontes.

Le marin finissait son café.

– Tu ne les montres pas à ta mère ?

– Non, c'est notre secret.

– Oui.

– Qu'est-ce qu'elle t'écrit, ma mère ?

– Curieuse !

– Allez, dis !

– Rien. Qu'elle m'aime, qu'elle m'attend, qu'elle en a marre d'attendre, qu'elle voudrait que je reste avec elle.

– Elle est chiante.

– Non, elle veut avoir un homme près d'elle. Mais moi, je suis marin. C'est ma vie, je ne veux pas rester à terre. Ma vie, c'est quand j'écris de là-bas.

C'était mieux de parler pour ne pas penser parce qu'elle avait relevé ses genoux et qu'il voyait son sexe qui luisait, un peu humide. Elle semblait ne pas s'apercevoir que son cul était offert à l'homme de sa mère. Il parlait pour ne pas la caresser et lui montrer qu'il bandait même s'il ne le voulait pas. Soudain, elle avait sauté du lit et repris le plateau. Elle était sortie sans rien dire. Il ne bougeait plus. Il attendait que sa queue retombe. Il avait mal. Il s'était masturbé pour que la douleur passe. Quelques jours plus tard, il devait repartir pour le Brésil. Hélène et Lise l'avaient accompagné à Recouvrance. Ils avaient pu aller jusqu'à la passerelle. Hélène et le marin s'embrassaient. Lise attendait. Avant qu'il monte la coupée, elle avait sauté au cou du marin et s'était accrochée comme une enfant avec les jambes autour de ses hanches. Elle avait chuchoté : comme un petit koala. Hélène avait dit qu'à quinze ans on n'était plus une enfant. Il avait senti son corps chaud et frémissant contre lui. Il l'avait repoussé doucement mais fermement pour qu'elle ne sente pas sa queue se durcir. Il était monté timidement sur la coupée en se retournant vers Hélène qui souriait.

Lise attendait les lettres avec beaucoup d'excitation. Du Brésil, il avait raconté une histoire d'Indien Arara qui s'appelait le rêve du crocodile : « Un vieil Indien avait rêvé qu'il était un ami du crocodile et chaque nuit il retournait le voir. Il était dans le monde de l'invisible. Une nuit, le crocodile lui dit que dans ses rêves à lui il mangeait des moutons et des Indiens. Le vieil homme le remercia de son amitié et repartit vers son visible, c'est-à-dire qu'il se réveilla. Il alla sur le bord de la rivière pour voir si son ami le crocodile dormait. Il vit qu'il attrapait un mouton que les villageois lui avaient donné pour qu'il ne mange pas les enfants. Alors le vieil Indien se dit qu'il aimerait mieux vivre dans son rêve à lui où les crocodiles ne mangeaient ni les moutons ni les Indiens. Il prit des plantes pour dormir et ne jamais se réveiller. » Le marin disait que les Araras allaient tous mourir de maladie. Ils ne survivraient pas à la civilisation.

Lise travaillait bien en classe. Surtout en littérature. Elle avait beaucoup d'imagination. Elle tenait un journal secret où elle écrivait aussi des histoires qu'elle inventait. Un jour, elle le montrerait au marin de sa mère. Une fois, d'Australie, il lui avait envoyé une carte avec un koala sans rien d'autre que « *Je t'embrasse, Lise, prends soin de ta mère.* » Elle était furieuse. Elle recevait moins de lettres que sa mère parce que le marin ne voulait pas qu'Hélène soit jalouse.

Plus tard, Lise avait reçu une autre carte. Le marin était allé dans un zoo et avait vu un vrai koala. Il ressemblait à Lise parce qu'il était accroché au cou du mâle comme Lise quand elle avait embrassé le marin devant la coupée.

Un jour, elle lui avait demandé de lui écrire chez une amie qui vivait avec sa grand-mère parce qu'Hélène voulait lire les lettres de Lise et Lise ne voulait pas. Comme ça, il pourrait lui écrire plus souvent. Ce qu'il avait fait. Hélène s'étonnait que Lise ne reçoive plus de lettres. Mais elle était secrètement contente. Lise savait tout sur le koala. Elle avait noté dans son journal qu'il ne buvait jamais d'eau et ne mangeait que des feuilles d'un certain eucalyptus. Son petit ne pesait que cinq grammes à la naissance et sa mère le mettait dans sa poche, le marsupium, durant six mois. Il ne pouvait manger que des feuilles prédigérées, alors la mère le faisait pour lui et il plongeait son nez dans l'anus de la mère pour ingérer la bouillie, etc., etc. Le marin commençait toujours ses lettres par « *Mon petit koala* » et quand elle écrivait, elle finissait par « *Ton petit koala* ».

Hélène parfois était irascible et même un peu dépressive. Elle prenait des congés pour se reposer. « J'en ai marre de cette vie de conne, lui là-bas, moi ici. » Elle avait eu une aventure avec le sous-marinier qui était venu plusieurs fois à la maison pour parler de l'autre marin. Un soir, ils s'étaient retrouvés dans la rue de Siam. Elle était allée avec lui dans un hôtel minable près d'un bar à entraîneuses. Il avait trouvé ça très excitant, pas elle. Il l'avait assommée de gros mots en la baisant. Il avait un sexe trop long pour elle qui lui faisait mal quand il tapait au fond. En rentrant, elle avait dit à Lise des mensonges que Lise n'avait pas écoutés. La mère était allée pleurer dans sa chambre. Lise disait qu'Hélène était cyclothymique. Le père de sa copine d'école était médecin.

À l'anniversaire de Lise, pour ses quinze ans, le marin était en escale prolongée. Le bateau passait en cale sèche pour les travaux d'entretien. Il travaillait à bord et parfois il était de service de nuit. Il avait réussi à se faire remplacer pour voir Lise souffler les bougies. Il lui avait offert une robe sombre et deux perles qu'il avait rapportées des Philippines. Il était allé chez un bijoutier derrière la préfecture pour les faire monter en boucles d'oreilles. C'est un beau cadeau, avait dit Hélène. Elle était très pâle. Pourtant, le marin lui avait rapporté un rang de perles dorées montées sur fil de soie avec un fermoir en plaqué. Lise avait mis la robe et les boucles pour finir la soirée. Elle était jolie comme tout. C'est ce qu'avaient dit le sous-marinier et sa femme, et aussi la copine de Lise. Le marin pensait à son sexe sous la robe et il avait rougi quand elle l'avait embrassé encore une fois pour le remercier. Comme c'était l'anniversaire de Lise, ils avaient écouté la musique que le marin rapportait de ses escales autour du monde et que Lise aimait. Il y avait des chants du sud de l'Afrique et des guitares maories. Du Mexique, il avait rapporté des groupes de mariachis et du Brésil des chansons du Nord-Est. C'est ce que préférait Lise, les chansons du Nord-Est. C'était nostalgique et gai. Elle aimait aussi les groupes modernes, comme toutes les jeunes filles. Hélène préférait les chanteurs français qui passaient à la télé. À la fin, ils avaient dansé. Hélène avec le marin, la copine de Lise avec le sous-marinier et Lise avec la femme du sous-marinier. C'était mieux comme ça. Hélène n'aurait pas voulu sentir le sexe du sous-marinier contre elle. Ça l'aurait dégoûtée, devant son marin qui ne savait pas. Elle avait un peu honte, surtout que c'était un mauvais souvenir. Elle aurait eu encore plus honte si elle avait eu du plaisir. La copine de Lise collait beaucoup et la femme du sous-marinier la regardait de travers. Lise riait tout le temps. Elle regardait le marin et lui faisait l'indifférent. La femme du sous-marinier avait trop bu. Elle avait vomi sur le canapé. Le sous-marinier l'avait ramenée à la maison. Lise a su qu'après il avait baisé sa copine qui n'était plus vierge depuis qu'elle avait treize ans. Un sacré numéro, avait dit Hélène. Elle n'a pas froid aux yeux.

Et puis, un jour, c'est arrivé comme le marin et Lise l'avaient tellement désiré. Hélène était partie voir son père du côté de Crozon, dans la presqu'île près de Camaret. Le marin devait l'accompagner mais Hélène n'avait pas voulu attendre la sortie de l'arsenal et elle était partie. Le marin était un peu triste. Il ne voulait pas rentrer à la maison. Il savait qu'Hélène dormirait à Crozon. Il ne rêvait plus que de Lise et avait peur de rester seul avec elle. Il ne pouvait pas imaginer que cela arriverait et pourtant cela devait arriver, sauf noyade ou accident d'Hélène sur la route de Camaret dans le brouillard, ou rien d'ailleurs. Ça devait arriver. Il était allé boire avec le sous-marinier, son meilleur ami, dans le bar de la rue de Siam. Ils ont parlé d'Hélène qui n'allait pas bien. Le marin avait demandé si c'était vrai qu'il avait baisé Hélène. Oui, c'était vrai, mais une fois seulement. Ils avaient trop bu. C'était quand le marin était parti longtemps et que le sous-marinier et Hélène avaient beaucoup parlé de lui. Hélène est un peu malade, avait dit le marin. Elle est fragile. Il ne faut pas la baiser si tu ne l'aimes pas. Est-ce que tu l'aimes ? avait demandé le sous-marinier. Je ne sais pas, avait répondu le marin. Le sous-marinier avait dit qu'il s'excusait, qu'il était son meilleur ami et ils avaient bu. Le sous-marinier en avait assez de naviguer. Pas moi, avait répondu le marin d'Hélène. Ils étaient un peu ivres. Tout à coup, Lise était au-dessus d'eux. Elle souriait. Elle était belle et douce comme un koala. Elle avait la robe fauve et seulement une boucle d'oreille.

– Tu viens ? J'ai préparé à manger. Maman ne rentrera pas.

– Je sais, a dit le marin.

Le sous-marinier a dit :

– Moi aussi, il faut que je rentre.

Lise avait pris la main du marin et ils étaient rentrés. Elle avait préparé un dîner avec beaucoup de soins. Le couvert était mis avec des serviettes propres et du vin que Lise avait acheté. C'était un vin de Californie que Lise avait trouvé dans une épicerie près du marché. Le marin lui avait dit un jour qu'à San Francisco il avait bu du vin de Californie et qu'il était très bon. Elle l'avait servi. On est bien tous les deux, avait-elle dit en riant. Il était pétrifié en regardant son sourire et ses petites dents bien alignées. Il était muet, sans ressort. Il la désirait tellement qu'il se sentait comme un ver luisant clignotant. Elle devait le sentir, comme une femelle ver luisant qu'elle était. Il fallait qu'il parle pour ne pas sombrer.

– Je sais que tu écris un journal.

– Ah oui ?

Elle faisait semblant d'être étonnée.

– Qu'est-ce que tu écris dedans ?

– Des choses.

– Ça parle de quoi, ces choses ?

– De maman, de toi et de moi, de nous.

– De nous trois, c'est bien, avait dit le marin.

– Non, de nous deux, c'est mieux. J'ai déjà écrit plein d'histoires sur nous deux.

– Ah !

Ils avaient bien dîné. Il avait voulu l'aider à ranger. Elle avait refusé. Il était allé chercher quelque chose dans le garage. En se retournant, Lise lui avait sauté au cou. Elle s'était accrochée avec ses deux jambes autour de ses hanches.

– Je suis contente. Je suis contente que tu aies aimé le dîner. C'était la première fois que je faisais tout toute seule.

Elle était blottie contre lui, la tête sur son épaule. Elle était si chaude. Sa queue durcissait et il ne savait pas comment faire pour qu'elle ne sente rien. En même temps, il le voulait. Quand elle avait senti son sexe, elle avait redressé la tête. Elle l'avait regardé avec le même sourire d'innocence qu'elle lui servait chaque fois qu'il rougissait. Elle l'embrassa comme une femme qu'elle était. Il savait qu'il était trop tard. Elle était légère. Il l'avait prise par les fesses sous la robe fauve. Il ne trouva que la chair. Il la souleva pour mieux la soupeser. Ses doigts touchaient son sexe et écartaient doucement les lèvres. Elle gémissait comme un petit animal. Elle l'embrassait sans fin. Elle était légère. Il l'avait appuyée sur la commode de sa chambre. Il avait sorti son sexe et reprise par les fesses. Il l'avait soulevée et reposée sur sa queue sur laquelle elle s'enfonça doucement. Elle avait crié un peu parce qu'elle avait mal. Puis elle s'était apaisée. Il avait senti quelque chose de chaud couler le long de sa queue et de ses couilles. Du sang probablement. Ils avaient fait ainsi l'amour la première fois. Il était resté debout et elle avait reposé la tête sur son épaule. Elle ne savait pas si elle avait joui mais elle avait eu beaucoup de plaisir après la douleur, surtout quand lui avait joui en elle et qu'elle avait senti le chaud dans son ventre. Elle dormait presque, comme épuisée par le désir et l'attente. Il l'avait portée dans ses bras et l'avait couchée dans le lit.

– Je suis contente, et toi ?

Lui ne savait pas. Il était content et désespéré.

– Dors avec moi.

– Non, Lise.

Avec un linge il avait essuyé le sang, puis de nouveau il l'avait caressée. Il effleurait sa peau avec ses mains comme des ailes de papillon. Il léchait le creux de ses cuisses. Elle avait murmuré : « Mange-moi », et il l'avait dévorée. Elle aimait qu'il morde son épaule à la base du cou, qu'il mette ses seins dans sa bouche. Ça la brûlait. Elle tenait son sexe à lui dans sa main et elle avait fini par le manger elle aussi. Puis elle avait joui vraiment cette fois. Elle s'était endormie.

Hélène était rentrée de nuit malgré le brouillard et s'était couchée près du marin, frigorifiée. Réchauffe-moi, avait-elle murmuré. Il était tétanisé à l'idée qu'Hélène aurait pu le surprendre. Elle avait voulu faire l'amour et lui l'avait fait, mais sans cœur. Il était étonné de ce désir soudain qu'avait Hélène. Il le croyait éteint depuis sa dépression. Le marin pensait qu'elle soupçonnait quelque chose. Elle avait fait du bruit en jouissant, plus fort que de coutume. Elle le fait exprès, avait-il pensé et il avait été gêné pour Lise qui avait peut-être entendu. Il s'était senti ridicule d'être gêné de faire l'amour avec sa femme. Elle s'était endormie aussitôt, apaisée, et lui non.

Il redoutait le petit-déjeuner et tardait à venir. Il avait fini par se doucher, s'habiller, et la mort dans l'âme était venu s'asseoir avec les deux femmes. Lise avait dit bonjour. Il l'avait embrassée sur le front comme d'habitude et Hélène sur la bouche, furtivement. Lise avait pris ses affaires de classe et avant de sortir avait dit gaiement :

– Salut, les amoureux.

Le marin avait dit, sans savoir pourquoi :

– Je suis de service ce soir.

– Alors à demain, avait lancé Lise. Il était liquide, comme disait son copain le sous-marinier. Il était incapable de se lever. Il y avait du brouillard partout. Hélène le regardait sans rien dire. Il baissait les yeux comme un gamin pris en faute.

– Qu'est-ce que tu as ?

– Rien, j'ai mal dormi.

– C'est moi qui te fais cet effet ?

– Penses-tu ! Pourquoi tu dis ça ?

– Pour rien, comme ça.

Après sa journée, il avait pris le service de nuit jusqu'à onze heures. Quand il avait descendu la coupée, Lise était là.

– Comment es-tu entrée ?

– J'ai dit que j'allais attendre mon père.

– Bon… c'est pas bien que tu viennes.

– Maman est déjà couchée, avec un somnifère.

Ils avaient remonté la rue de Siam sur la moto du marin. Au feu rouge, elle avait dit :

– Tourne à droite.

– Pourquoi ?

– Je vais te montrer quelque chose.

Elle lui avait tapé sur l'épaule pour qu'il s'arrête. Ils étaient dans les jardins au-dessus des remparts.

– Viens.

Ils voyaient les lumières du port, la *Jeanne d'Arc* là-bas au fond et l'escorteur sur le radoub. Il y avait des pédés qui cherchaient une queue, un plaisir furtif, une humiliation ou une liaison. Elle l'entraîna dans un coin. Je l'ai repéré de jour, avait-elle chuchoté. Elle l'avait poussé contre un arbre et s'était accrochée à son cou avec ses jambes autour de ses hanches. Ils s'étaient embrassés avec la peur et l'excitation qu'on les surprenne. Elle avait murmuré : prends ton petit koala, et il l'avait prise comme la première fois en la soulevant et en la posant doucement sur son sexe. C'est comme ça que je préfère, chuchotait-elle. Ils étaient rentrés à la maison sans bruit. Dans le garage, c'est lui qui avait eu envie. Dans le silence et dans le noir, il l'avait posée sur une caisse avec une couverture qui sentait le gasoil. Elle avait remonté ses genoux vers elle et il l'avait léchée. Pour la boire, avait-il dit. On n'entendait que le ronronnement du koala. Puis il l'avait prise. Elle le serrait fort contre elle. Il avait crié, comme un râle, et il s'était affaissé, inerte. Lise ne l'avait pas senti jouir. Il ne remuait plus. Elle sentait un souffle au-dessus d'eux. La porte du couloir avait glissé dans le courant d'air et une faible lueur dessinait le visage de la mère. Hélène retirait le couteau.

Il y eut une enquête parce qu'Hélène avait dit que le marin couchait avec sa fille. Lise avait tout nié avec beaucoup d'assurance et de larmes. Elle ne comprenait pas sa mère. Elle était jalouse et dépressive. Il était rentré tard. Elle n'avait pas supporté. On l'avait crue. On avait enfermé Hélène dans une prison puis dans une maison de santé. Le marin, à l'hôpital, recevait tous les jours la visite de Lise.

Elle apportait ses cahiers, ses livres et son journal. Elle écrivait, lisait, apprenait. Elle aimait les livres de voyages. Elle avait lu Bruce Chatwin, Cendrars qu'elle admirait beaucoup. Elle avait dévoré Ella Maillard, Alexandra David-Néel et surtout la vie de Lee Miller, la photographe. Lise disait que les voyages étaient la liberté et la plus grande source de connaissances. Le marin, lui, n'avait lu que des romans de mer, mais il avait appris beaucoup de choses sur les hommes des ports. Dans les bars de Vancouver, de San Francisco, de Baltimore, il avait entendu toute l'histoire de l'Amérique. Dans ceux de Yokohama et Kochi, celle de l'Empire nippon, et partout comme ça. Lise disait qu'un jour elle irait en Mongolie et au Népal, comme Alexandra David-Néel, et en Inde, et dans les déserts australiens et ailleurs. Il aimait la voracité de Lise. Elle lui lisait des passages et lui repartait en voyage. Il aimait ça. Elle lui avait lu des chapitres de *Voyages en Orient* de Nerval et elle avait même appris un poème de Louis Brauquier. Je l'ai appris pour toi, avait-elle dit, parce que j'aime tes mains :

Les mains rêvent
Les mains rêvent à l'infini, qui se souviennent
De délices sauvées de l'absence ; anxieuses
De recréer ce qu'elles ont au bout des doigts :
La douceur, la tendresse et le plaisir des corps.
Impuissantes sur l'ineffable, mains douloureuses,
Mains songeuses, mains inutiles, mains heureuses.

Lise disait aussi que c'est lui qui lui avait donné le goût de l'histoire en écrivant toutes ces lettres. Elle les avait gardées. Elle en avait même recopié certaines dans son journal. Lise donnait au marin des nouvelles d'Hélène. Elle lui disait qu'Hélène attendait qu'il soit guéri. Le marin avait dû subir plusieurs opérations. Ses blessures auraient pu le tuer. Il y avait eu des complications. Il avait une jambe paralysée pour laquelle il faudrait une longue rééducation. Plusieurs mois, avait déclaré le médecin. Le marin avait dit à Lise qu'on allait lui trouver un poste d'ajusteur à l'arsenal et qu'après son contrat il resterait à Brest. Il aimerait bien travailler sur les camions. Lise était restée silencieuse. Elle écrivait beaucoup dans son journal. Elle allait avoir seize ans. Un après-midi, pendant que le marin sommeillait, elle avait posé une lettre sur la table de nuit, sous la bouteille d'eau à côté des médicaments. Quand il s'était réveillé, Lise était partie. Il avait attendu. Elle était peut-être dans le couloir ou allée faire un tour. Il n'y avait plus ses livres ni ses cahiers. Il avait eu une douleur soudaine dans la poitrine. Quelque chose se vidait, s'arrachait de lui. Il n'entendait plus de bruit, rien autour de lui. Il était comme si on lui avait dit qu'il allait mourir tout de suite. Quand la douleur s'était éloignée et que les sons étaient revenus, il avait remarqué la lettre sous la bouteille d'eau. Il avait lu :

Je suis allée voir maman. Elle sortira dans un an. Elle va mieux et elle pardonne. Elle aimerait bien revivre avec toi maintenant que tu vas rester à Brest avec un travail fixe. Elle dit qu'elle ne veut pas rester seule. Elle t'aime toujours. Moi aussi. Tu as dit un jour qu'un marin à terre est un marin perdu. Celui qui pose son sac sur un quai n'aura que des souvenirs. Moi, je ne veux pas de souvenirs. Je veux vivre. Je veux continuer à rêver de toi. Tu m'as appris l'amour que tu ne connaissais pas. Tu m'as droguée avec tes voyages et tes récits des autres mondes. Je suis en manque, monsieur le marin à terre. Je pars voir les koalas. Je t'écrirai au bar d'Etel, rue de Siam, celui que tu aimes bien. Le patron est d'accord. Je t'aime toujours. J'aime ta bouche et ton sexe en moi. J'aime quand tu souris et quand tu as l'air de penser à autre chose. J'aime voir le café qui coule sur ton menton quand tu croques ta tartine. J'aime tes mains sur mes fesses, tes doigts sur mon cou. J'aime quand tu mens, quand tu inventes. J'aimais quand tu faisais semblant de ne pas voir mon sexe et que je savais ta queue libre sous les draps. J'aime passer ma main dans tes cheveux. Je rêverai toujours que tu m'emprisonnes dans tes bras et toujours aussi que je sauterai à ton cou avec mes jambes autour de tes hanches. Je n'oublierai pas comment tu rougis. Je n'oublierai pas.

Ton petit koala,
Lise

Le marin avait pleuré puis il s'était mis à attendre les lettres. La première venait de Nouvelle-Zélande. Lise racontait son passage en Indonésie puis en Nouvelle-Calédonie où elle avait rencontré quelqu'un qui lui avait appris la photographie. Elle deviendrait photographe, comme Lee Miller. Elle irait partout dans le monde. Ce qu'elle avait fait. Mais elle revenait toujours au pays des koalas. Hélène était sortie de la maison de santé. Le marin travaillait sur des gros camions comme mécano et quelquefois même comme chauffeur. Il s'ennuyait. Tous les jours, il allait au bar d'Etel demander s'il y avait des lettres pour lui. Son copain le sous-marinier le rejoignait parfois entre deux séjours en mer.

Un jour, il avait reçu un paquet de photos de Lise et une longue lettre d'Australie. Elle lui racontait son séjour chez les aborigènes. Elle était sur une photo avec eux. Elle était belle. Il avait pleuré en la voyant. Elle lui racontait qu'elle était très amie avec les koalas puisqu'elle était elle-même un marsupial, un petit koala breton. Elle disait qu'Hélène lui avait écrit là-bas pour lui dire qu'il buvait beaucoup, qu'il s'ennuyait, qu'il avait perdu sa gaîté. Elle disait qu'il ne racontait plus d'histoires depuis que Lise était partie. Ce n'était plus comme avant. Elle n'aurait jamais dû lui demander de rester à Brest. Lise dans sa lettre lui demandait de ne plus boire. Il était toujours son marin et elle était toujours son koala. Parfois il répondait, quand il y avait une adresse et qu'elle restait un peu dans un endroit. La dernière était postée de Brisbane, en Australie. Ses lettres à lui ne racontaient plus d'histoires. Le marin à terre avait ancré l'imaginaire. Il disait seulement qu'il connaissait beaucoup de l'histoire des hommes mais que toutes les histoires d'amour qu'il avait écrites étaient inventées ou presque. Il ne connaissait que les femmes des ports, des professionnelles du sexe, mais ce n'était pas l'amour. Il disait que Lise lui avait appris quelque chose qu'il ne connaissait pas et qu'il gardait au chaud. Même avec Hélène, il n'avait pas connu ce voyage-là. Il voulait le continuer encore et encore, et si elle ne revenait pas, il repartirait dans le monde entier comme un chasseur et il la tuerait de son amour parce que c'est cet amour qui le tuait, lui. Elle n'avait jamais dû recevoir cette lettre sinon elle serait revenue, pensait-il. Un jour, le bar d'Etel avait été démoli avec l'immeuble entier par une explosion de gaz, il y avait eu quatre morts. Il ne savait pas où il pourrait retrouver les lettres de Lise. Tu deviens cloche, lui avait dit son copain le sous-marinier qui n'était plus sous-marinier et travaillait comme chef de sécurité et d'entretien dans une usine de chaussures. Reprends la mer, lui avait-il dit.

Un jour, le marin était parti réparer un camion à Cherbourg. Il avait traîné sur le port pour chercher un bateau. Un gros roulier partait pour la Nouvelle-Zélande. Il avait écrit un mot rapide à Hélène. Il avait embarqué jusqu'à Wellington malgré sa jambe et les douleurs dans le dos à cause du couteau d'Hélène. Là-bas, il avait trouvé un autre bateau pour Brisbane. À l'adresse, il n'avait rien trouvé, seulement un sac de couchage que Lise avait oublié. Il y avait les lettres du marin à l'intérieur. Ça lui avait plu qu'elle dorme avec ses lettres. Elle était en Tasmanie, croyait la logeuse. Il était allé à Melbourne puis en Tasmanie par le bateau. À Hobart, il avait cherché partout. Dans un hôtel, on lui avait dit qu'une jeune photographe avait séjourné là, une Française. Elle était repartie pour le désert de Simpson, vers Oudanatta. Elle avait aussi parlé d'Alice Springs, qui n'est pas une fille mais une petite ville du Centre. Le marin était allé jusqu'à Alice Springs où Lise était passée. Elle avait laissé une adresse en Nouvelle-Calédonie. Il n'avait plus d'argent. Il avait travaillé comme journalier pour payer le bus jusqu'à Brisbane. Il avait fait un temps la pêche et puis, un jour, il avait rejoint Nouméa. Mais Lise était repartie en Indonésie et peut-être même au Japon et en Mongolie. Elle avait dit la Mongolie, un jour. Là-bas, le marin s'était perdu dans un pays sans port avec des horizons brisés, des vagues de montagnes immobiles avec une écume de neige. Il s'était épuisé à chercher Lise. Il avait gelé ses doigts. Au pied, on lui avait coupé un orteil trop noir. Alors il avait compris qu'il ne rattraperait jamais Lise et que, peut-être, cet amour aussi avait été inventé. Il avait bien pensé à finir son voyage au fond d'un port ou sur une montagne en se laissant mourir de froid. Il avait senti cet engourdissement un jour. Il aurait vu Lise une dernière fois qui courrait sur la glace pour venir s'accrocher à son cou. Il se serait endormi heureux. Non, il n'avait pas envie de mourir. Lise devait faire son voyage à elle. Il l'aimerait le plus longtemps possible, jusqu'à la fin.

Il était rentré à Brest après huit années d'errance. Il avait dormi longtemps dans un petit hôtel près de l'arsenal. Pour vivre, il avait fait quelques lignes sur des porte-containers et, une fois, un voyage sous pavillon panaméen avec un pétrolier qui avait coulé en mer du Nord. Il avait été repêché par un chalutier français et ramené en France.

Le marin avait épuisé beaucoup de forces dans cet amour. Il avait posé son sac. Hélène s'était mise en ménage avec un officier marinier qui travaillait à l'arsenal et qui n'avait jamais navigué. Le marin les avait vus un jour sur le port de Recouvrance dans une voiture rouge. Hélène avait fait semblant de ne pas le reconnaître. Il s'était dit alors qu'Hélène avait juste besoin d'un homme dans sa vie, un type qui s'occupe de son quotidien à elle. Elle n'avait jamais aimé le marin comme lui aimait Lise. Il avait plus de cinquante ans. Il était presque vieux. Un jour qu'il se baladait rue de Siam, il avait vu un livre dans une librairie. *Photos et récits de Lise Miller.* Il était entré et avait ouvert la première page. Il y avait en italique : *Au marin de mon adolescence qui m'a fait faire le tour du monde.* Il avait pleuré. En sortant, il avait vu près de la caisse : « Signature de Lise Miller à dix-sept heures. » Il était revenu faire la queue. Il la voyait penchée sur son ouvrage. Elle souriait et parlait avec vivacité. Elle devait avoir presque trente ans. Quand le tour du marin était venu, il avait attendu qu'elle lève le visage vers lui. Il n'avait pas de livre. Elle avait dû reconnaître ses mains qui pendaient sur ses cuisses. Elles avaient l'air d'attendre un outil ou un corps. Elles étaient abîmées, sculptées. *Ces mains qui rêvent à l'infini, qui se souviennent*... Lise les avait regardées un long moment sans oser remonter le long des manches, des épaules, du cou, pour enfin découvrir le visage à qui appartenaient ces mains. Elle avait fermé les yeux. Ces mains avaient tenu son corps, caressé sa peau entre ses cuisses. Elle se souvenait des ailes de papillon sur son dos. Elle se souvenait, avec la vague qui montait en elle, de ses fesses dans ses mains, de ses doigts qui écartaient doucement ses lèvres mouillées. Elle se souvenait comment il prenait ses seins dans sa bouche. Comment ça la brûlait. Comment il mordait son cou jusqu'à l'insupportable. Quand elle les avait ouverts, une larme coulait et elle avait osé regarder. Il y avait quatorze ans de cela qu'elle s'était accrochée à lui comme un petit koala. Elle l'avait regardé et lui avait dit : je t'ai cherché partout. Il avait eu le temps de voir le visage de Lise qui souriait avec ses dents bien alignées et cette larme qui coulait, rouge, sur sa joue. Puis il avait eu une grande douleur dans la poitrine et le visage de Lise avait définitivement disparu.

BILLY

« L'harmonie de forme à laquelle on peut atteindre
dans la pure fiction ne s'obtient pas aussi aisément
dans un récit qui, par essence,
tient moins de la fable que des faits. »

Herman Melville

Un port regarde la mer, forcément. Il attend les étraves, vous accueille à quais ouverts, vous protège. C'est un refuge cosmopolite. Un port, c'est féminin. C'est une femme qui vous berce au clapot, vous console des nuits de quart. C'est une mère qui vous donne ses filles à baiser. Alors le marin, comme l'oiseau migrateur, met le cap d'instinct vers le sein et le téton salvateur. Même la bleusaille qui débarque pour la première fois, le nez en l'air, a un compas dans la tête. Les pompons rouges naviguent au jugé vers les bars et les eldorados du sexe comme des insectes attirés par la lumière vive. Ce sont les mêmes enseignes partout, des néons hallucinogènes et des musiques qui pleurent jusqu'au caniveau. Devant la grotte au trésor, des types rabattent, d'anciens boxeurs sonnés à la blanche qui pissent le sang sur la porcelaine, des ratés de la magouille. Les prostituées prennent le frais en résumant le dernier épisode du feuilleton TV. Il y a aussi les entraîneuses, celles qui ne couchent que si affinités et pour finir le mois. Elles sont causantes avec le marin. Une voix de femme, ça rassure quand on sort de l'odeur des hommes, du fuel et de la peinture chaude. Même si on ne comprend pas, on sait que c'est gentil. Elles ont déjà une main entre les cuisses. Elles massent l'entrejambe avec un admirable détachement. Il y a bien sûr de magnifiques artisanes. Au-delà de ces nuits électriques vivent les autres, les honnêtes, ceux de la terre.

Il y en aurait des choses à voir dans ce pays. Cinq jours d'escale dont trois de service laissent peu de place à la curiosité. Alors l'homme de la mer va s'enfouir dans la chair des femmes, pas celle des rêves qui ressemble à l'inconnue sublime ou à la sœur du copain, la fiancée immaculée un peu timide qu'il avait aperçue à Brest ou Toulon un dimanche de visite, celle qui avait osé le regarder en rougissant avec un sourire de frayeur émouvant et chez qui on devinait déjà que l'interdit était une perdition voluptueuse, non, mais celle qui se fane chaque nuit à calmer les hommes des bateaux qui passent. Celle qui a déjà des rides au coin de la bouche et du bleu nuit autour des yeux, des cernes définitifs comme des papillons morts. Quand la vulgarité n'a pas balayé les illusions, la gentillesse lui donne un sourire triste de madone épuisée. Les autres vendent leur gaîté et désinhibent les soucieux. Billy se souvient de celle-là à Recouvrance qui affirmait qu'un armateur allait tout quitter pour elle et l'emmener dans un nid sur la côte d'Azur. Il l'appelait sa tirelire d'amour. En arrivant, il la mettait à genoux comme un petit cochon. Il lui coinçait les billets entre les fesses et il la frappait avec sa ceinture pour qu'elle couine. Sans faire trop de mal, bien sûr. Elle faisait le tour de la chambre et si aucun billet ne tombait, il doublait la mise. Ça l'amusait, elle aussi. Il était chou, cet armateur ! Les filles aiment le romanesque, les marins aussi. Elles ont toutes un rêve qui ressemble à celui-là, un mariage pour oublier la vie d'avant et un enfant qui ira à l'école des riches pour devenir quelqu'un. Elle était touchante, cette pute qui croyait au père Noël. « Si j'ai un mioche, je veux qu'il devienne quelqu'un. » Billy avait souri : «Devenir qui ? » « Quelqu'un, quoi… »avait répondu la fille, un peu agacée. Billy l'avait regardée avec douceur, sans ironie aucune, et la fille avait sangloté comme une enfant. C'était un chagrin sans fond, inexplicable, sinon qu'elle semblait avoir soudainement pris la mesure infinie de ses désillusions. Elle avait dit : « C'est rien, c'est vous », en regardant Billy. « C'est toi, comment tu me regardes ! Je ne sais pas, c'est comme ça ! » Elle avait les larmes noires qui coulaient sur sa bouche. Les marins étaient médusés, impuissants, agacés aussi par cette conne, sauf Billy qui avait offert une tournée pour qu'elle puisse toucher sa commission. Elle le regardait en se mouchant avec un pauvre sourire. Léna, la maquerelle, était venue à la table. Elle avait des yeux cernés d'alcool et une voix brûlée au tabac :

– Qu'est-ce que tu as, Mireille ? Ils t'ont fait du mal ?

Mireille secouait la tête négativement et, au milieu d'un sanglot, elle hoqueta un « au contraire ».

– T'as une drôle de façon de jouir, ma fille. Mais t'as raison, ça fait du bien de pleurer, tu pisseras moins.

Les copains avaient fini par la baiser dans une chambre du haut. Billy était parti pendant qu'ils montaient :

– Pourquoi il ne vient pas, votre copain ?

– Il est comme ça, Billy.

Il n'aimait pas cette jouissance frénétique et désespérée. Il voulait pouvoir s'abîmer dans les grands fonds avec un corps lourd presque encombrant, serein, se perdre dans la peau de l'autre baignée par la sueur et le foutre, avec le plafond qui n'en finit pas de s'éloigner, comme une chute définitive et désirée. Il priait pour cette irrémédiable tristesse après l'amour. Plus tard, de retour à bord, il cajolait ce blues comme un plaisir fané. Il se rappelait la joie jusqu'à l'assouvissement du désir indomptable des sens.

Là-haut dans sa chambre, Mireille avait eu un regard absent. Elle avait sorti de son sac une petite photo d'identité qui la faisait plus moche qu'elle n'était, écrit dessus merci, signé Mireille avec un grand M, et confié ce trésor aux trois impatients qui déboutonnaient déjà le pont de leurs pantalons. La fille avait une peau translucide, le dos avec des vertèbres en pointillés, la chair molle et bleutée. Plus tard, des compagnons avaient raconté ça à Billy en lui donnant la photo. Il était revenu la voir et elle lui racontait sa vie pendant qu'ils faisaient l'amour. Un jour, elle avait joui et elle s'était excusée. Elle lui avait demandé de ne rien dire à Léna. Par la suite, elle avait accepté de jouir avec lui et ne s'excusait plus. Parfois il ne faisait que l'écouter. Elle lui parlait de son mariage avec l'armateur et avant de partir, elle le suçait pour le remercier. C'est elle qui payait, disait-elle. Ça la faisait rire, une pute qui paye un client pour l'écouter. Enfin, je ne suis pas vraiment une pute, je ne fais pas le tapin dehors. Pendant qu'elle allait et venait, il lui caressait les cheveux et regardait son dos dans la glace de l'armoire, un dos bleu avec des marques beaucoup plus sombres. Le bleu, c'était le néon de l'enseigne qui éclairait la chambre, le Lagon Bleu. Billy aussi était bleu, avec un œil bleu, un col bleu et une veine bleue qu'elle caressait. Un été, Mireille disparut. Billy était au large des îles Sandwichs. À l'automne, il était revenu au Lagon Bleu :

– Mireille ?

– Partie !

– Où ?

– On ne sait pas Billy, elle n'est pas revenue. (Léna raclait ses cordes vocales cramées en suçant un mégot.) Dommage, elle bossait bien. Prends-en une autre.

– Merci, c'est bon comme ça !

Billy se disait qu'elle était peut-être dans des draps propres sur la côte d'Azur avec son armateur. Dans ce cas, c'était bien. Un jour au comptoir du Bamboo, derrière un petit noir sans sucre, il avait entendu un type raconter qu'on avait retrouvé à Marseille une certaine Mireille Bonnot, qui travaillait comme barmaid au Lagon Bleu de Recouvrance, à Brest. Elle était morte après avoir été torturée sur un sommier métallique. Billy se noyait dans sa tasse… Le type avait baissé son journal et laissé voir une tronche minée au Calva.

– C'est moche mais c'était qu'une pute. Métier à risques.

Billy avait levé son regard et le type avait vacillé avant de prendre la porte.

Mireille était partie, démolie par son père Noël, un Albanais franco-italien qui racolait pour mettre les filles à l'abattage sur les chantiers d'Afrique. Il l'avait séduite à coups de ceinture et elle était morte dans une cave avec de grandes larmes noires sur son corps transparent. C'est comme ça que Billy la voyait.

Billy s'appelait Michel. Il devait son surnom à un maître principal fusilier-marin, capitaine d'armes, qui naviguait à l'époque sur un escorteur d'escadre de la flotte atlantique. Devant lui on l'appelait « capitaine », par derrière l'équipage disait le Bidel, l'enfoiré, ou autre chose suivant les cas. À bord, le bidel est le chef de la police. Celui-là était un type élégant, raffiné. Il avait quelque chose de Montgomery Clift, avec la dureté en plus. Il lisait beaucoup : Goodis, Capote, Melville, Forester, Fassbinder. Il avait des yeux gris-bleu et des cheveux taillés en brosse. Le coiffeur du bord recevait sa visite chaque semaine et le maître devait apprécier le froid de la tondeuse sur la nuque. Il préférait la mécanique à l'électrique. Il jubilait au coup de rasoir. D'après les seconds sacos sous ses ordres, le Bidel avait sa propre tondeuse. C'était une fouine des mers capable de deviner de l'herbe camouflée dans une aération ou derrière l'amiante d'un tuyau. Il scrutait les coursives et les hommes avec l'acuité d'un limier. Il aurait pu faire un grand flic mais il aimait la mer et les garçons. Il n'y a rien de mieux qu'un bateau pour ça. On ne pouvait que supposer, l'homosexualité était réprouvée, punie.

À bord, on savait bien que certains s'enfouraillaient en cachette. Il y avait même les amoureux fous, les vrais, ceux qui tombaient devant la bleusaille et les nouveaux embarqués. Ils les couvaient du regard comme des fiancées en attente du mariage. Ils veillaient la nuit sur leur sommeil et se sauvaient au clairon du matin. Ils leur volaient parfois un objet ou une photo qu'ils gardaient sur eux pour se masturber en cachette. Ils les couvraient de cadeaux aux escales. Parfois l'élu retrouvait dans sa bannette une chevalière en or ou une chaîne en argent. Certains acceptaient l'offrande. D'autres les balançaient à la mer ou les rendaient au « soupirant » s'il s'était fait connaître. Pour le Bidel, il n'y avait que des suppositions. Son extrême raffinement, sans doute, alimentait les postes d'équipages. Il avait un sourire teinté d'ironie. Il laissait son regard traîner sur la nuque des jeunes marins en joignant ses mains dans le dos, comme une prière. Rien n'était donné au hasard, il voyait tout et sanctionnait ferme. Il observait Billy avec une insistance particulière. Billy marchait droit, évitant toute faute. Le capitaine d'armes semblait souffrir de ne pouvoir le punir. Certains affirmaient que le soir, en rentrant du mess, il boxait sa cloison en murmurant son nom. Mais je crois que c'était pure invention. À bord, avec le bruit des machines et le ronron des jours, on n'entend pas les murmures. Le maître semblait un homme douloureux, résigné à une secrète dévotion. À mieux regarder, on aurait pu deviner une délectation de crucifié sur l'autel du renoncement. L'abnégation par contrainte de l'interdit lui procurait une jouissance masochiste qui le baignait dans un désespoir infini. C'est ce qu'avait dit un jour un appelé pour définir le capitaine d'armes.

Une nuit de quart, au temps où Billy s'appelait Michel, le Bidel l'avait arrêté alors qu'il allait prendre la relève.

– Salut, quartier-maître. Vous vous appelez Billy ?

– Je m'appelle Michel, capitaine.

Après un silence et un long regard difficile à soutenir pour tout autre que Billy, le Bidel affirma :

– Vous êtes Billy !

Michel était resté flottant près de la porte étanche.

– Aimez-vous lire, Billy ?

– Oui, capitaine.

– Connaissez-vous M. Melville ?

– Oui, capitaine.

– Qu'avez-vous lu ?

– *Le Grand Escroc*.

– Et *Moby Dick* ?

– *Moby Dick* aussi, capitaine, et *Taïpi*.

Le Bidel jubilait. Il caressait Billy du regard. Il y avait parfois un éclair de cruauté échappé à la maîtrise de l'officier. Mais Billy restait calme, docile, passif.

– Quoi d'autre ? demanda le capitaine.

– La Bible, chef.

Le Bidel ne décela aucune ironie dans la réponse de Billy qui le regardait avec douceur. L'officier sembla basculer dans ce regard. Il resta un instant une image fixe. Quelqu'un passa.

– Vous pouvez disposer, Billy.

Depuis, Michel s'appelait Billy. Pourquoi Billy ? Il le saurait plus tard.

Billy plaisait aux hommes, aux dames et aux putes. Les femmes étaient désarmées, déjà nues et maternelles devant lui. Il avait un regard fragile, brisé, une candeur bouleversante. Il était démuni devant la violence ou l'injustice. Il regardait étonné, perdu, et semblait être un instant très loin dans un ailleurs insaisissable. Il avait la fougue et l'enthousiasme du Marlow de Joseph Conrad dans *Jeunesse*.

Le capitaine d'armes aurait pu tout aussi bien l'appeler Marlow, mais il devait avoir ses raisons de tenir à Billy. On avait du mal à imaginer que cette jeunesse-là puisse vieillir un jour. Pour ceux qui connurent le destin du jeune marin, le capitaine d'armes avait choisi son nom comme une évidence.

Billy avait la puissance physique de ceux pour qui l'exercice était inutile. Sa force était redoutée bien qu'il n'ait jamais eu besoin d'en faire la démonstration. Sauf peut-être lors du passage de l'Équateur, au moment des jeux, où il s'essayait avec d'autres à la lutte gréco-romaine, une sorte de danse sensuelle, huilée, un pas de deux au corps à corps qui n'échappait pas au regard à peine mouillé du capitaine d'armes. Le baptême des bleus pour le passage de la ligne était un jour béni pour lui. Il s'amusait de la maladresse des matelots travestis qui jouaient les putes ou les femmes d'officiers avec une perruque d'étoupe sur la tête et un paréo tahitien autour des reins. Nul ne s'étonnait de la provenance des rouges à lèvres et des noirs à paupières. Il y avait une permissivité d'exception, une insolence admise en accord avec la tradition. En dehors de quelques brimades qu'il réprouvait, le policier du bord semblait en vacances. Il observait avec un intérêt accru les hommes nus balayés par le jet des lances à incendie, sur les peaux ruisselantes desquels on projetait de la farine blanche qui donnait à l'équipage une allure de farouches guerriers des hauts plateaux d'Afrique ou celle des Peuls Bororos du Niger, si on voulait bien ignorer les quelques ventres à bière qui heurtaient le regard.

Billy avait les yeux de Marlow pour la mer, pour la force du vent dans la mâture où claquaient les pavillons, pour la houle démesurée, l'écume en neige balayée par la vague. Il aimait le déséquilibre sur le pont à la proue du navire par grosse mer, le danger d'une déferlante ruisselant par les passavants et les écoutilles. Il n'aimait pas la violence des hommes, il aimait celle de la mer, sentir que la mort pouvait à tout instant avoir un ultime caprice. Comme le jeune Marlow, il aimait les peuples de la côte, la pâleur des hommes du Nord. Il s'émerveillait de toutes choses, du regard des femmes d'Orient comme de celui des pêcheurs de Chiloé. Il buvait infiniment la vie. Il irradiait une mystérieuse paix qui n'était troublée que par le frisson délicieux, voluptueux même, de l'aventure des hommes. Il regardait le monde comme le plus inattendu des spectacles.

Quelques jours plus tard, au large de Veracruz, Billy était de corvée sur le pont. La mer était d'huile. Un bosco fustigeait ses hommes. Le soleil se noyait à l'horizon. L'ombre avait enveloppé le navire.

– Messieurs, le soir tombe. Ramassez-le !

L'homme était parti d'un rire en kalachnikov qui fit ricaner les matelots. Seul Billy s'était figé devant le second maître. Il avait regardé à travers le bosco bien au-delà de l'horizon embrasé. Le second avait scié son rire. Billy s'était alors penché, avait ramassé la lumière et tendu sa paume gravement, comme une nacre rouge, à l'officier marinier.

– Il est un peu abîmé mais c'est un beau soir quand même.

Il ne resta au bosco qu'un regard transparent, sans couleur. Les marins s'attendaient au pire mais Billy avait souri chaleureusement, sans malice, et le second avait recollé son rire sur la tôle grise du navire. L'histoire ne resta pas secrète. Elle en fit rire certains, en laissa d'autres perplexes, voire indifférents, mais pas le capitaine d'armes qui couvait plus que jamais Billy d'un regard bienveillant. Le Bidel ne sortait jamais en escale. Il les connaissait toutes. Pourtant, un jour à Brest, alors que Billy sortait de l'arsenal avec trois amis, le Bidel en tenue de sortie les aborda avec un sombre « bonsoir, messieurs ». Il portait un sac en cuir. Ils saluèrent.

– Puis-je vous parler, Billy ?

– Certainement, capitaine.

Les trois autres baissaient la tête en se jetant des regards entendus.

– Tu nous rejoins chez Maria, Billy !

– Oui.

Le capitaine et Billy marchèrent en silence. Ils traversèrent le pont de Recouvrance. De l'autre côté, le capitaine demanda à Billy s'il voulait bien boire un verre. Oui. Ils s'assirent dans le fond d'un bar. Le capitaine n'avait plus ce sourire ironique ni cette élégance arrogante, juste une dignité, une sorte de réserve, ses yeux gris infiniment tristes.

– Je sais que vous avez perdu vos parents très jeune, Billy.

Silence.

– Oui, j'ai été élevé par ma grand-mère.

– Vous la voyez souvent ?

– Non, elle est folle. Elle ne me reconnaît plus.

– Désolé !

Billy avait souri.

– Non, il ne faut pas, elle est déjà très loin, sur un bateau dans les nuages.

Montgomery aussi avait souri.

– Je comprends.

– Vous vouliez me parler, capitaine ?

– C'est ce que je fais, Billy. Je vous parle.

Il semblait que le sous-officier tentait de respirer régulièrement, avec la nécessité parfois de profondes inspirations.

– Je vais quitter le bord, Billy. Je vais rejoindre une frégate lance-missiles. Vous devriez présenter l'école des officiers.

– J'y travaille, capitaine.

– C'est bien. Je vous souhaite beaucoup de bonnes choses. Je vous ai apporté des livres pour vous remercier.

– Me remercier ? De quoi, capitaine ?

– Vous remercier tout simplement.

Billy regardait une mouche sur le bord du verre de bière. Elle tomba dans le liquide blond et se débattit longuement.

– Commandez-en une autre.

Billy se réveilla un peu.

– Non, merci.

– Voilà, il y a quelques ouvrages que j'ai aimés, dont celui-ci, une vieille édition que j'avais empruntée à un ami. C'est un beau roman de mer. Vous verrez.

Il regarda Billy avec émotion, ouvrit le livre et lut :

– *Il était jeune et, bien qu'il eût presque atteint son plein développement, il paraissait plus jeune encore qu'il ne l'était vraiment grâce à l'expression adolescente qui s'attardait sur son visage encore lisse, dont le teint naturel était d'une pureté quasi féminine, mais où, du fait de son état de marin, les lys avaient tout à fait disparu et les roses avaient visiblement quelque mal à percer sous le hâle. L'expérience est certes une maîtresse, mais chez lui, du fait de son âge, elle était encore petite. En outre, il était entièrement dépourvu de cette connaissance intuitive du mal qui, chez les natures mauvaises ou incomplètement bonnes, précède l'expérience et par là même peut appartenir, comme on le voit très clairement dans certains cas, à la jeunesse.*

Il posa l'ouvrage.

– Allez rejoindre vos amis chez Maria. Ne changez pas, Billy. Faites attention à vous. Si un jour on vous demande l'impossible, ne le faites pas. J'aurais aimé avoir un fils comme vous.

Plus tard, Montgomery Clift, après une mise à la retraite anticipée, devint chef de la Sécurité dans une tour de la Défense. Il sombrait lentement dans un bateau de verre avec pour seuls voyages les ouvrages de Patrick O'Brian et d'Alexander Kent qu'il dévorait, le dos au vide face à une mappemonde épinglée sur le mur sur laquelle on pouvait voir en rouge tous les ports et toutes les routes maritimes qu'il avait connus. Inouï ! Sur son bureau, dans un cadre, il y avait une photo floue en noir et blanc, celle d'un matelot sans doute, sous laquelle était écrit : « *Un jeune homme au regard clair allait être exécuté, à moins d'une grâce improbable. Il regardait au-delà des murs les pages d'une vie qui semblait être celle d'un autre.* » La blessure du policier restait ouverte. Il lui manquait les hommes du bord, l'odeur, la beauté de la jeunesse, la respiration de la vague. Il naviguait sans cap, sans balise, comme un homme à terre.

Deux ans après le débarquement du capitaine d'armes, Billy était à Buenos Aires. Dès la sortie de l'arsenal, la nuit avait rattrapé les cols bleus. Ils titubaient dans les rues chaudes, maladroits, la démarche incertaine, en équilibre pour tester les trottoirs. Ils étaient ivres de promesses, celles du vent du large qui colporte les histoires, celles des anciens dont la mémoire réinventait le passé. Certains bandaient sous leur pont en rêvant d'une bouche, d'une chevelure mêlée, de doigts crispés sur la chair, de peaux sombres ou diaphanes. Les putes blanches ont souvent cette peau-là, transparente à l'intérieur des cuisses, sur le tissage violet des veinules. Billy aimait ça. Aucun marin ne disait qu'il rêvait d'une jeune fille égarée sous la férule d'un souteneur cruel, qu'en prince blanc il allait sauver de l'enfer. Pourtant beaucoup visionnaient le film avec une fin heureuse et une image dernière qui serait celle d'un amour immaculé. Mais une fois au bordel, ils baignaient dans une réalité qui laminait leur naïveté et leur innocence. Seul Billy buvait et baisait avec un étonnement candide, mais il n'était pas de ceux dont la vie est un bonheur à chaque seconde, que rien n'atteint jamais, ni la douleur des autres ni même la leur. Les oiseaux volaient au radar vers l'Iguaçu, une décision intervenue après de longues palabres sur les passavants. Billy suivait. L'Iguaçu avait les plus jeunes putes d'Amérique du Sud. Il y avait des femmes qui venaient faire bouffer leurs mioches. Il y avait aussi des filles de bonne famille qui s'achetaient des lignes de coke et des bourgeoises venues s'encanailler en l'absence du conjoint. C'était l'aventure avec un Finlandais, un Russe ou un Maltais, comme ça, pour voir. Les types les bousculaient un peu en vidant leur désir. Elles frôlaient le danger, se baignaient dans la peur. C'était un délicieux frisson, une palpitation qui les affolait jusqu'au cri. Les phalènes revenaient au bercail, secouées, parfois amères, avec un abîme sombre qui les attendait derrière la porte de leurs chambres. Il y avait un vertige après la spirale, une nausée d'alcoolique jusqu'au vomissement. Trop tard.

Dans le quartier de la Boca, on entendait le disco marié au tango. Les amateurs chantaient avec une guitare et un diatonique. Les couples esquissaient des figures et chorégraphiaient l'amour chez Adolfo, El Amor ou La Mujer azul. Les oiseaux s'étaient arrêtés à la Terre de Feu pour boire un alcool à brûler la mer avant d'affronter l'Iguaçu, dont le patron avait tenu un hôtel au pied des cataractes, à la frontière du Brésil. Un type tout seul avec un bandonéon pleurait des amours impossibles, des passions, des abandons, une soupe sentimentale qui faisait frissonner les équipages. La nostalgie les emmenait en voyage pour un retour au port d'attache avec une grosse vague de rhum pour noyer le tout. Il ne fallait pas plus d'une escale aux imbibés pour nettoyer leur solde. Il y avait des petits box pour trois ou quatre. On y descendait des bières avec l'habileté des « boit-sans-soif ». Une petite venait se glisser sous la table. Elle fouillait les entrejambes et, au hasard ou non, elle assouvissait l'un d'eux. Les filles étaient très jeunes, trop jeunes pour faire des passes, vierges encore mais à bonne école pour un avenir assuré dans les bordels du monde. L'élu à la table ne devait rien montrer. C'était le jeu. Quand elle ressortait, tous la payaient. Un quart, un tiers du prix, ça faisait le compte à trois ou quatre et le chanceux avait gagné une pipe en solde. Il était élégant de ne pas avouer son bonheur. Dure épreuve. Mais il y avait toujours dans l'œil une trahison incontournable. Les trois migrateurs avaient joué.

Billy était resté au comptoir à regarder la vie. Les oiseaux cherchaient un autre jeu. Il fallait boire et tirer un coup pour tuer l'amour. Cet amour qui nourrissait l'imaginaire de chacun arriverait peut-être un jour comme un message heureux qui les laisserait à quai et leur demanderait de ne plus jamais partir. Malgré leurs désirs, ils avaient tous peur de cet amour-là, tous. Alors ils buvaient en rêvant à l'improbable inconnue, celle qui les attendait dans un pli d'ombre, sous un ciel de lit, dans un cinéma de Hong-Kong ou dans ce jardin de Meiji Jingu, à Tokyo. Quand cela arrive, car cela arrive parfois que le matelot se laisse séduire par le chant d'une sirène maorie ou par la caresse de l'aile d'un papillon de l'Amazone, il sombre dans une nuit opaque et muette avec une douleur sourde qui semble ne jamais vouloir s'éteindre. Sa vie titube alors dans l'exil comme une maladie incurable avec l'impossibilité d'un ticket de retour. Le marin apprend à se méfier des murmures, des frôlements, des baisers volés et des larmes à la fonte des cœurs au départ des navires. La mer enseigne aux marins des rêves que les ports assassinent.

À l'Iguaçu, les compagnons de Billy, malchanceux au jeu de hasard du dessous de table, étaient partis dans les alcôves de la cour avec des filles choisies sous la lumière d'une boule tango. Il faisait suffisamment sombre pour ne pas détailler les princesses fatiguées et il n'y avait qu'une veilleuse dans les chambres pour éviter toute réclamation.

Les phalènes tournoyaient parfois sur la piste tachée de lumière rose. Elles s'étourdissaient jusqu'à mourir sur les genoux des marins ivres.

Billy avait tenté quelques mots d'espagnol avec la petite ouvreuse de braguette qui était ravie de ses pesos. Elle avait une dextérité étonnante car elle devait ouvrir n'importe quelle braguette, sortir la chose, s'occuper de l'affaire, remballer et refermer le tout ni vu ni connu. Comment cet excès de foutre pouvait ne pas la submerger de dégoût ? Les pesos, sans doute, expliquaient cela puisqu'elle avait gentiment glissé sa main sous le pont du pantalon de Billy. Il avait souri en retirant délicatement la menotte.

– No tienes ganas ? Dame plata, dame pesos.

Puis elle avait grimacé sa déception et cherché un autre client.

Une grosse voile argentine rouge et argent papillonnait lourdement dans la lumière neigeuse. Elle suivait une figure de proue en ébène, la seule pute de couleur de l'établissement. Elle s'appelait Rose Noire et portait un kimono blanc sur des bottes électriques.

Une femme s'était glissée derrière Billy, une femme brune, grande, belle, éteinte. Il ne s'était pas retourné, passif comme une proie déjà consentante. Il ne la voyait pas mais la devinait. Elle n'avait pas ce parfum lourd, capiteux, un mélange de patchouli, d'ambre et de tiaré, avec une poudre de riz à endormir le premier homme dans les bras de sa mère, non.

Il s'était laissé envelopper par une vapeur délicate à peine citronnée, un parfum d'une fraîcheur inattendue. Elle avait dit bonsoir en français, un bonsoir grave, avec une nuance sud-américaine. Billy s'était retourné, étonné. Elle avait tenté un sourire. Quelqu'un au bar avait ouvert une glacière qui projetait une brume lumineuse sur son visage. Il l'observait. Elle était un peu trop mate à son goût mais elle avait un beau regard sans illusions, des yeux sans fard avec juste un léger trait d'ombre sur la paupière. Sa bouche naturelle était entrouverte et laissait deviner de jolies dents. Ses cheveux étaient longs, ramenés en arrière, à peine retenus. Son corsage laissait libre une poitrine discrète. Sa robe noire était courte sur de jolies jambes fines, presque maigres. Elle n'avait pas de bijoux. Ses mains tremblaient un peu. Elle semblait nerveuse. Elle ne fumait pas comme les autres phalènes et ne demanda pas à boire. Elle ne battait pas des ailes. Elle était posée, délicate. Elle hésitait à parler. Finalement, elle préféra le silence, comme un hôte soudain rassurant, confortable.

Une guitare, un saxo et une contre-basse avaient rejoint le bandonéon sur la petite scène rouge et mauve. Un sexagénaire poudré murmurait sans conviction un tango de Lucho Barrios : *yo te quiero mi amor, besame, besame. Te recuerdo la primera vez, la primera vez.* Et toutes les filles reprenaient *la primera vez,* vite suivies par des imbibés nostalgiques. C'est le patron, avait murmuré la longue femme noire qui regardait Billy. Il alluma une blonde qu'elle avait refusée. Il bouscula la fumée dans la lumière de la bouche tango. Elle prit alors le briquet que Billy avait posé sur le comptoir et l'alluma. Elle approcha la flamme à la hauteur des yeux du marin, de sa bouche qui souriait, du cou, puis elle éclaira la main de Billy qu'elle osa toucher. Un imbécile en passant souffla la lueur qui trembla un instant en déchirant leurs visages avant de s'évanouir. Ils restèrent dans l'ombre à se fouiller un peu. Billy voulut commander à boire.

– Garde ton argent.

Deux types abordèrent la femme. À chaque fois, elle alluma le briquet pour éclairer le visage de Billy qui les regarda en souriant. Les hommes s'esquivèrent sans insister.

– Viens, je t'emmène.

– Combien tu prends ?

– Ce que tu me donneras.

Les trois oiseaux migrateurs revenaient des nids. Ils avaient pondu leur sperme. Billy leur fit un signe.

– On t'attend ? ricanèrent les marins.

La femme se retourna vers eux :

– Je le raccompagnerai à bord.

Ils étaient restés comme trois quilles au milieu du jeu. Elles tanguèrent et désarticulèrent un « salut, Billy ». À la porte, le patron sourit. La dame lui remit quelques billets.

– Je lui donne sa part, dit-elle.

– Je ne demandais rien.

Elle avait sa voiture, une ancienne Falcon noire encore très belle.

– Je n'aime pas faire l'amour sur quatre roues.

Elle rit.

– Moi non plus, nous allons chez moi.

– C'est loin ?

– Au bord du Río de la Plata. Je vous ramènerai.

Silence. Elle avait un profil doux, déterminé, elle conduisait vite, il avait envie d'elle. Parfois une lumière s'attardait sur son visage comme une caresse qu'il jalousait. Il regarda ses genoux qu'il trouva élégants. Billy ne savait pas si on pouvait dire ça d'un genou mais il le trouva élégant, comme le moule parfait d'une paume qui pourrait être la sienne. Il aurait aimé effleurer d'un doigt l'intérieur de sa cuisse jusqu'à la lisière de l'ombre sous la jupe. Il bandait sans violence. Drôle de pute égarée. À part Mireille, il n'avait jamais vraiment éprouvé de désir pour les prostituées. Mais pour elle, oui. Il avait envie. Elle était différente, un peu mystérieuse, dangereuse même. Elle ne ressemblait à aucune pute. Voilà pourquoi, peut-être, il avait envie. Même s'il n'aimait pas faire ça dans une bagnole, il aurait bien commencé dans celle-là, cette Falcon noire, sur les sièges en cuir rouge qui collaient au cul avec cette chaleur. Il l'imaginait, la jupe retroussée aux hanches, ses jambes nerveuses, fines, remontées sur ses épaules et lui qui regardait ce sexe humide, chaud, qui s'entrouvrait comme sa bouche en ce moment qui murmurait. Elle aurait un sexe qui murmurerait. Il sourit. Elle le fixerait entre ses cuisses, les yeux mi-clos, la tête contre le dossier, la chevelure répandue, le visage en sueur avec ses doigts qui écarteraient les lèvres en se caressant délicatement jusqu'à ce qu'il mette sa langue entre ses doigts à elle et qu'il goûte cette plaie délicieusement aigre, salée. Il l'entendrait souffler comme pour tenter d'apaiser une douleur. Il sucerait la blessure et cela jusqu'à ce qu'elle se renverse avec des petits cris étouffés, c'était drôle, il n'imaginait pas la pénétrer, seulement la lécher comme un animal lèche une pierre à sel, seulement étancher une soif irrésistible, seulement l'entendre s'abandonner et s'oublier, puis se détendre enfin, sur les coussins rouges. Alors seulement, elle frotterait son entrejambe à lui, puis elle fouillerait sous le pont de son pantalon jusqu'à ce qu'il jouisse. Elle garderait le sperme dans sa main et en frotterait son sexe à elle comme un baume. Il avait fermé les yeux sur tout cela pour caresser le mal qu'il avait à la racine du sexe. Elle demanda une cigarette qu'il glissa entre ses lèvres. Il tenta de l'allumer. Elle lui prit le poignet pour maîtriser la flamme. Elle le garda ainsi, en tremblant un peu, longtemps. Il crut même un instant qu'elle pleurait mais ce devait être l'éclat des lumières de la ville. Il ne savait rien de ce voyage le long du fleuve.

– À l'Iguaçu, les hommes choisissent les femmes.

– Pas moi. On ne me choisit pas, c'est moi qui propose. C'est un privilège particulier.

Une grille s'ouvrit sur une cour pavée devant une belle maison espagnole. Dans le hall, un Indien attendait. Il accueillit la dame sans un regard pour Billy. Elle le remercia. Ils échangèrent quelques mots. Il sortit. Billy ne s'étonna de rien.

La maison de la longue dame brune était belle, confortable, avec des portes battantes et très peu de mobilier. Elle lui offrit à boire. Il fut patient. Il avait sincèrement envie d'elle. C'était une pute de luxe trop chère pour un matelot, même quartier-maître. Il verrait bien. Ou alors elle était de celles qui viennent flirter avec le frisson de l'inhabituel et de l'interdit. Une femme qui s'ennuie dans sa vie, une femme qui ne sait plus comment continuer à être sensuelle et belle. Elle s'était absentée un moment en s'excusant. Billy regardait le salon en citronnier et loupe de noyer. Il y avait une photo de la femme avec une enfant qu'elle tenait devant elle. Une autre montrait des chevaux dans la pampa argentine avec en médaillon une très belle tête d'alezan. Billy ne savait pas que c'était un alezan. Rien d'autre. Drôle d'endroit pour un bordel. Elle revint.

– Vous aimez les chevaux ?

– Oui.

– C'était un bel alezan. Stella, une jument que j'avais ramenée de Mendoza.

– C'est votre fille ?

– Oui, elle avait dix ans et il y a dix ans de cela.

Billy la regarda. Elle sourit tristement.

– Je l'ai eue très jeune. Et vous ? Quel âge avez-vous ?

– J'ai vingt ans.

– Vos amis vous appellent Billy. C'est votre nom ?

– Je m'appelle Michel.

– Pourquoi Billy ?

– Parce que Billy Bud, un surnom donné par le capitaine d'armes du bord.

– Et qui est ce Billy Bud ?

– Un drôle de type, un marin qui finira pendu. Un roman d'Herman Melville. Comment vous appelez-vous ?

– Léonore.

Il s'approcha d'elle, elle se déroba.

– Vous êtes pressé ?

– Un marin est toujours un peu pressé.

Elle eut un sourire fatigué.

– Il est comme un prédateur dénué de sentiments. Le désir d'une femelle devient irrésistible, peu importe la proie. C'est ça ? Je n'ai pas besoin d'argent, Billy, j'ai besoin d'amour.

Billy regardait Léonore avec une profonde douceur.

– Mais il faut que je l'achète. Je vais vous acheter, Billy, si vous le voulez bien.

Billy gardait le silence, comme une pierre précieuse. Ce n'était pas la première fois qu'on le payait. Elle s'approcha de lui, caressa son visage et l'embrassa furtivement puis se déroba encore. Une porte s'ouvrit sur une jeune fille qu'il reconnut.

Elle était dans un fauteuil électrique. Léonore lui sourit.

– C'est Anna, ma fille. Voici Billy.

La jeune fille était d'une pâleur extrême, belle et brune comme sa mère. Elle regarda Billy puis dit sèchement :

– *Si !*

Le fauteuil pivota et disparut derrière la porte battante.

– Elle a fait une chute en montagne avec Stella. C'était à San Salvador de Jujuy, dans le Nord, quelques jours après cette photo. Faites-lui l'amour, Billy. Elle ne voudrait pas mourir sans avoir connu d'homme. Elle me l'a demandé. J'ai essayé. Je n'ai pas trouvé. J'ai amené des types, des marins comme vous qui n'ont jamais osé, à qui j'avais promis beaucoup d'argent. Anna venait les voir comme elle l'a fait ce soir et disait oui ou non. Eux répondaient toujours non. Je savais que vous lui plairiez. Anna n'a plus envie de vivre. Je ne sais plus quoi faire. Elle est persuadée qu'aucun homme ne pourra jamais lui faire l'amour et l'aimer ainsi. J'ai tenté auprès d'autres handicapés, j'ai cru devenir folle. Voudriez-vous l'aimer cette nuit, Billy ? Aimez-la.

Billy se souvint de cette pute à San Francisco. Son bébé hurlait dans le berceau à côté du couple. Ils avaient dû s'arrêter. Il s'était s'occupé de l'enfant pendant qu'elle préparait le biberon. Pourquoi pensait-il à cela, à Mireille qui voulait le payer pour qu'il l'écoute, à Léonore qui souhaitait que sa fille puisse voir un homme jouir au-dessus d'elle ?

– Je ne suis pas une pute, Billy.

– Ce n'est pas grave.

– Je vous paie pour ma fille.

– Je ne veux pas.

– Si, je paie, comme une consultation, un soin… Elle m'a suppliée, Billy. Elle m'a dit qu'elle voulait sentir le corps lourd d'un homme sur son corps mort.

– Mon bateau repart dans quatre jours, madame, je ne la reverrai plus.

– Je sais, elle aussi.

Léonore parla un peu d'elle, de sa vie avec Anna, de cette quête douloureuse, de cette obsession.

– J'ai fait les bordels de la Boca, dans la honte, jusqu'au plaisir dissimulé. J'ai même couché avec des hommes que j'ai amenés ici avec cette culpabilité féroce de jouir alors que ma fille agonisait à côté. J'ai eu envie de vous, Billy, j'ai envie mais je ne veux pas.

Elle ne pleurait pas, ne se plaignait pas. Elle demanda seulement, très doucement, comme un murmure :

– Irez-vous ? Elle vous attend !

Billy avait souri à Léonore et l'avait suivie jusque dans la chambre d'Anna. La pièce était dans la pénombre avec une petite veilleuse. Il devina le fauteuil vide et sur le lit la forme inerte d'Anna très légèrement éclairée à l'ouverture de la porte. Léonore déshabilla tendrement Billy qui se laissa faire. Anna regardait le corps nu du marin et les mains de sa mère qui caressaient sa peau. Léonore frôla les épaules et les hanches de Billy, redessina sa bouche, ses yeux, son front. Elle glissa sur son cou des doigts légers. Elle s'agenouilla, posa un long baiser sur ses fesses puis sur sa queue. Elle la prit dans sa main puis, allant chercher celle de sa fille, lui remit le sexe de Billy comme une offrande. Elle embrassa le marin sur les lèvres et se retira.

– Ne ferme pas la porte, maman.

– Je reste tout près, ne t'inquiète pas.

Billy s'allongea auprès d'Anna avec une infinie douceur. Il caressa son corps. Il embrassa sa bouche, ses yeux. Il suça ses seins. Il prit le temps de l'amour et l'aima. Elle le désira dans sa bouche et en elle. Elle voulut le regarder quand il jouit, ce qu'il fit avec une liberté délicieuse. Elle sourit pour la première fois à la première jouissance d'un homme en elle. Elle lui demanda de rester lourd sur son corps mort et il plongea dans l'oubli de soi avec un vertige lumineux. Elle n'avait pas senti le sperme dans son ventre, elle avait senti différemment l'amour.

Léonore était recroquevillée dans un fauteuil du salon.

– Vous pourriez me ramener ? demanda Billy.

– Oui, bien sûr. Merci. Tenez.

Elle lui donna de l'argent, il le prit.

Dans la voiture, ils restèrent silencieux, avec la lumière des phares qui balayait l'habitacle et creusait les visages. Elle pleurait. Billy l'embrassa avant de descendre. Il l'embrassa longuement, comme un amant amoureux, et laissa l'argent sur ses genoux.

Il monta la coupée sans se retourner, salua l'officier de quart et disparut derrière la première porte étanche. Le lendemain, il se fit remplacer. Léonore vint le chercher. Il fit l'amour à Anna en tenant la main de Léonore qu'il serra très fort au moment de la jouissance.

– Elle ne sent pas mon sperme dans son ventre.

– Moi, je l'ai senti couler au fond de moi.

Puis Léonore les avait laissés mêlés dans l'ombre de la chambre. Anna avait passé ses bras maladroitement derrière le cou de Billy et tentait de le serrer. Elle lui dit doucement :

– *Mátame, mátame por favor*, tue-moi maintenant.

Billy la regardait.

– Tue-moi, tue-moi maintenant. Je veux partir. Aide-moi.

Billy fit son service du lendemain puis, la veille du départ, il revint chez Léonore. Il fit l'amour une dernière fois avec Anna puis il laissa reposer son corps lourd sur son corps mort. Il prit les deux montants du lit sous le matelas, les deux montants d'acier de ce lit d'hôpital, ce lit de malade, et il tira de toutes ses forces. Anna ne bougea pas. Elle laissa sa bouche sur celle de Billy et lui donna son dernier souffle. Billy s'endormit sur elle.

Léonore tira par deux fois.

DIEGO L'ANGOLAIS

FADO NEGRE

« À l'aube je suis descendu au fond de la machine,
J'ai écouté une dernière fois
la respiration profonde des pistons. »

Blaise Cendrars

À Lisbonne, des remparts du château Saint-Georges, le Tage coule, tranquille, jusqu'à la mer. Quelques bateaux se serrent sagement contre les quais interminables. Il y a quelques années, j'étais là, sur les hauteurs de la ville, pour jouer un homme amoureux sur les traces de la femme disparue, une fiction, une autre. Un dimanche, j'avais rencontré Diego, un marin du *Lisboa* qui allait appareiller pour le Golfe persique. Toute la nuit, nous nous étions enivrés de mots jusqu'à noyer joyeusement la nuit dans la bière et l'alcool blanc. Aujourd'hui, je suis revenu pour tourner un amour fou, impossible, quoi de plus beau, celui d'un homme vieillissant, logique, bouleversé par la jeunesse d'une femme élégante, intelligente, belle et inaccessible. Je n'en dirai pas plus. Peut-être verrai-je Diego. À l'époque, j'avais aimé ces heures de liberté dans le quartier d'Alfama.

Sous les linges suspendus errent les chiens et les enfants. Il y a des appels, des gueulantes éphémères.

Une poule s'effraie. Un couteau égorge, du sang coule sur les azulejos. Les ruelles se dressent vers la colline ou se précipitent vers la mer. En vieillissant, on s'essouffle. La musique est trop forte. Chacun la sienne, le fado des vieux se perd dans la techno. Les restaurants ont deux ou trois tables. On y sert la *cachupa* ou le *bacalhau*. Au travers d'un carreau graisseux, deux vieilles mains tremblent à rassembler des pois chiches. Il lui faudrait une cuillère, au vieux. La fourchette entre les doigts malhabiles laisse échapper les graines. Plus haut, un regard fixe l'assiette. Comment trier les souvenirs au milieu des pois ? Quelqu'un disait : « Seule l'habitude aide à survivre. » Un chat frivole frôle une jambe anonyme : affection hypocrite pour un bout de viande. Et lui le caresse, se croit aimé. C'est doux, un chat. Il faut changer la litière, c'est tout. Et s'il avait un chat pour miauler sa solitude ? Une femme plonge une louche dans le bouillon gras. Une jeune fille attend sans impatience. Derrière elle, la Sainte Vierge en plâtre et polychrome acrylique ne s'émeut de rien. Elle règne sur un lot de cartes postales.

Il faudrait s'arrêter pour lire toutes ces vies qui s'écrivent dans les ruelles sombres d'Alfama. Il faudrait des vies pour connaître celles des autres. C'est vivant, un quartier populaire, c'est sale, bruyant, ça baigne dans les odeurs de cuisine, ça ruisselle d'eau trouble, ça pisse au coin des murs, mais c'est vivant. Le touriste devant moi se régale d'une photo de vieille épuisée. Il se délecte de cette façade rouge piquée d'herbe avec ses rides autour des fenêtres. Il y a un pot de fleurs et une misérable lessive accrochés au grillage. Deux rideaux pathétiques camouflent le secret d'une alcôve. Il y meurt des vies que le photographe ne voit pas, il y a des rires qui rebondissent dans les cours, sur les marches de pierre, jusqu'aux chambres aveugles. Une paume repousse les miettes jusqu'au bord de la table. Une cigarette fume entre des doigts jaunis. Des lunettes s'embuent. Celui-là ferme les yeux en levant le coude. À quoi pense-t-il avec ce soupir satisfait ? Le soleil n'est jamais venu jusque-là et pourtant c'est joyeux, même si elle s'assied, lasse, son torchon sur les genoux. Des amoureux s'embrassent. Quelqu'un a oublié une paire de chaussures devant une porte, un distrait ou un discret. Je tente un petit escalier vers un jardin suspendu : territoire interdit, grand-père sommeille sur une chaise en plastique. *Bom dia*, je change de coin. Vous êtes français ? Vous êtes perdu, je peux vous aider ? Elle est gracieuse, elle sourit. J'ai vraiment envie d'être perdu. Je réponds oui pour prolonger l'échange. Je bredouille, elle me renseigne en français, heureuse. C'est tout. L'instant est privilégié, fragile comme une flamme vacillante. Je ne regrette rien. Il y a des coulées humaines à la gare maritime, dans les rues de la Baixa et sur les pentes de Graça. La nuit est déjà là. Je me surprends à penser à Diego. Je voudrais le revoir. Demain, j'irai sur les quais.

Bom natal. Sur les écrans du TV Shop, l'Afghanistan se meurt. Les récepteurs sont empilés comme les containers du port de commerce. On massacre à la chaîne. Les chaînes se déchaînent à répandre l'horreur. Le pont du mégastore est envahi par une foule cernée d'images, toutes les mêmes, à l'infini. Les cadavres afghans sont comme les mots répétés jusqu'à perdre leur sens. *Foi* devient un aboiement et *amour* une onomatopée.

Le vendeur règle les couleurs sur la misère. Il virevolte entre les postes. Le danseur cathodique caresse les joues des enfants fascinés par la répression ou les explosions sur Kandahar. On compare les contrastes sur un char taliban, le piqué d'image sur les corps mutilés. Là, on distingue parfaitement les larmes d'une petite fille alors qu'ici… C'est toute la différence entre un écran à cristaux liquides, numérique, et un tube ordinaire. Pourquoi tu ris ? dit sa mère. Par distraction. On se délecte du malheur des autres, on s'abreuve. Sur les montagnes du Panchir, des camions s'éloignent dans la brume au couchant. C'est magnifique. Ici, ce sera bientôt Noël. Météo : il fait beau en Californie, il y a des orages à Okaido. Il pleut sur Paris. Que fais-tu, Diego, à cette heure ? Où es-tu ?

J'arrive place Camões par la rue Garett. La jeunesse emmitouflée aux terrasses des cafés se fout de l'avenir. Au café Brasileira, une rouquine ébouriffée juchée sur des cothurnes dandine son squelette vers le fond du bar. Elle embrasse un garçon.

Une mauvaise guitare se plaint du musicien. Un crieur catholique hurle que le Christ va revenir. Un type fait la grimace, manquerait plus que ça ! Les sans-souci sourient. Un jongleur de feu dessine l'éphémère. On lit Pessoa sous la statue du Chiado. Une flamme éclaire un visage soucieux. Les joints font la ronde. Une salle de billard néonifie le joueur en vert turquoise. Encore un fado qui pleure une femme abandonnée et des enfants qui ont faim. C'est mieux que la techno ! Une pièce tombe dans un chapeau. C'est une comédie sans début ni fin, un puzzle éclaté, des fragments de vies, des histoires enchevêtrées comme des racines. C'est comme ailleurs, comme partout ailleurs.

J'aime les errances attentives, les voyages éveillés. Je fouille la terre, derrière les ombres, les murs, au-delà du regard de cette femme qui fixe le temps suspendu. Demain, j'essaierai de retrouver Diego. Il y a cinq ans, je l'avais rencontré sur les quais. C'était en automne, une fin d'automne un peu frais, transparent, un automne à écrire. Les pierres ocres s'enflammaient, projetant des éclats sur les façades de faïence. Les frégates du Tage avaient des voiles safran. Elles étaient peintes sur des murs ou s'ennuyaient dans les musées. J'avais fait la même balade et dévalé les ruelles d'Alfama jusqu'au fleuve. Il y avait ces mêmes containers entassés comme les cubes d'un jeu d'enfant. Le grand pont grondait au passage des camions. La tour de Belem veillait inutilement. Je rêvais un peu devant l'Astrolabe.

J'avais cette envie du marin de chalouper sur le port, cette tentation de lire et de dévorer le passé des autres, de déceler dans la rouille marine les pages témoins de la conquête océane. Vasco de Gama était revenu avec de l'or. D'une pépite des Amériques, un orfèvre avait ciselé l'encensoir sacré. On partait avec la foi à la conquête des âmes. On armait les navires pour le pouvoir, les terres, la connaissance. On risquait sa vie par cupidité, pour éblouir. Il y a de l'enfance à vouloir partir toujours, avec la peur en pointillé sur la route. C'est ainsi qu'avec une lame, l'homme défriche et peint la beauté du monde.

Il y a des ports qui se cachent. Ils se barricadent en concessions privées, ils se replient, se ferment. Ils ont peur des curieux, des rêveurs. Ils se « portifient ». Ils sont « portifères ». Les armateurs avaient grillagé le fleuve, je me suis passé d'autorisation. J'ai franchi l'Arsenal anémique. Sur les quais du Tage comme sur ceux du Guadalquivir, de l'Amour, ceux de Manille ou Veracruz, il y a une vie des quais, une vie secrète, un commerce occulte. C'est le lieu d'un troc incontournable, un autre pays avec des hommes de toutes langues, des hommes perdus qui errent en rêvant à leur port d'attache, leur famille, leur maison. Les racines de ces hommes pourrissent doucement, se détachent et ne laissent qu'une trace hésitante dans la mémoire.

À l'époque, le grand Lego du port dessinait des ruelles étroites avec ses murs de containers. C'était une ville sinistre, plombée, scellée, une ville labyrinthe, mystérieuse. Rien ne se passait. Je traînais à la recherche d'une odeur d'ailleurs, de bois, de grumes fraîches. Je m'observais, sombre, dans les flaques d'huile. Les cargos s'ennuyaient et relâchaient leurs aussières. J'insistais à chasser l'inattendu… J'avais raison. Ce jour-là le vent parlait russe, un murmure avec des échos en tacalog philippin. Derrière une grue qui s'écaillait, ils étaient une dizaine à pêcher le temps au bout d'une ligne. J'ai vu les mêmes à Valparaíso, Arica ou Cherbourg, rejoints par les chômeurs des docks qui n'ont plus les ronds pour le bistrot et qui meurent de n'avoir jamais navigué. Ils veulent être de la famille, celle de la mer. Ils partagent les silences. C'est une langue chez les marins. Là, au bord de l'eau, le cul sur la pierre avec un casse-croûte et des souvenirs à partager, ils ont l'impression que tout n'est pas foutu. Ils savent que ceux du large sont en perdition à terre. Il y a les marins des bateaux abandonnés, les marins perdus qui croupissent depuis des mois dans les cabines d'un bateau prisonnier. Navires sous douane et marins sous clef. Otages. Alors on murmure polyglotte, on s'épaule. Qui se plaint ? Les inscrits maritimes qui naviguent encore amènent la bouteille, les journaux de la veille, les nouvelles du monde. Ici, certains avaient une canne et un vieux moulinet de récup'. D'instinct, je m'étais placé près d'un Noir en brodequins. Il tenait son fil entre le pouce et l'index.

De l'autre main, il caressait le nylon. Parfois il le tirait jusqu'à l'oreille. Il écoutait. J'ai souri. Il m'a vu. J'ai fait un signe. J'ai dis « ça mord ? » en français. C'était idiot. Pas pour lui.

– Non, je trempe le fil. C'est pas la pêche qui m'intéresse. Je communique avec l'eau du Tage. Je sens les vibrations. Il y a une vie en dessous.

– Et les autres, ils pêchent ?

Sourire.

– Français ?

– Et vous ?

– Portugais d'Angola, j'ai appris le français à Marseille, sur un bateau abandonné. Deux années amarré à la digue du large. Je m'appelle Diego.

Je me suis assis sur le quai.

– Mécano ?

– Ouais !

– Moi, je l'étais, dans la Royale.

– Et maintenant ?

– Acteur !

– Pourquoi pas, si ça plaît…

– Quel bateau ?

– Celui-là, là-bas, le *Lisboa*.

On a bavardé jusqu'au soir avec les mouettes qui gueulaient. Je l'ai raccompagné jusqu'au cargo.

– Vous montez à bord ?

La coupée. Premières odeurs, celles de la cuisine, du fuel et de la peinture pas toujours fraîche. Pont, échelle, passavant, pont, échelle, coursive. Le carré avait des petits rideaux de cretonne aux hublots.

Charmant ! Seule touche féminine pour ne pas oublier. Quatre lampes fragiles donnaient la jaunisse. Les plafonds avaient la lèpre.

– Jus de gingembre ? C'est moi qui le fais.

– Non, merci.

– Bière ?

Un gros roupillait devant la télé qui hésitait à donner une image. Un grand type est entré. Il chaloupait comme par forte houle. Il transpirait, une éponge. Il fouilla sous le bar et tira une bouteille de vodka. Il sourit tristement à Diego qui leva le pouce pour acquiescer. L'éponge est sortie en essuyant la coursive.

– C'est Vladimir, le radio du bord, un Ukrainien, un ex-patineur qui fait de longues cures de vodka sur glace pour soigner son obsession de tuer sa femme qui est partie avec un danseur de Léningrad. Tu y crois ?

– Pourquoi pas !

– T'as faim ? Il reste de la *feijoada*.

On a mangé. C'était bon. On a bu un peu, beaucoup. Son histoire était celle de tous les marins, avec les mêmes heures de quart, les mêmes conversations sur les passavants, les mêmes lueurs au large quand on croise un autre navire. Au chaud du poste d'équipage, Diego m'a raconté qu'une nuit, au large de Bornéo, il avait vu son cargo, le *Niemski*, coupé en deux par une lame de mer. Vers deux heures du matin, au large de la Malaisie, une muraille blanche phosphorescente s'était abattue sur les structures de son bateau. La mer était grosse depuis la veille. Elle enflait d'heure en heure. La radio postillonnait un anglais incompréhensible de tous sauf du radio lui-même, un Chinois de Hong Kong. Vent force 8 à 9 – plus de 40 nœuds –, 8 à 10 mètres de creux. Le capitaine et le chef mécanicien étaient sur la passerelle. Ils regardaient, pétrifiés, les containers se détacher. Ils roulaient comme des dés sur le pont, des cubes qu'une main de bébé venait de faucher. Le navire s'était brisé en deux, l'avant détaché de sa moitié arrière. Une baguette de pain frais, mon frère, un cargo de verre. Après la paralysie, la peur. La nuit mariée à la mer avait étouffé les cris d'une partie de l'équipage. Plus tard, un canot sur la vague, un seul dans lequel douze hommes se serraient fébrilement, cogna contre une coque, un pétrolier russe qui croisait dans le détroit des îles de la Sonde. Chacun son histoire, personne n'écoute. Moi, j'ai écouté.

– Ce n'était qu'un vieux cargo pourri oublié par l'armateur, un vieux cargo avec du sucre et du soja. Personne n'en a parlé. Ce n'était pas du pétrole, mon frère, alors pas de publicité. Deux mille marins disparaissent chaque année en mer sur des bateaux qui sombrent au moindre avis de « grand frais » parce que des putains d'armateurs ne réparent jamais leurs rafiots. Ils sous-paient les équipages en attendant qu'ils coulent au large de leurs piscines tout en sachant qu'ils seront remboursés du fret et de la carcasse déjà interdite de navigation, et qui comme le *Niemski* sont sous pavillon cambodgien avec un bureau fantôme à Phnom Penh. Alors silence, on coule.

Il avait dit tout cela sans respirer et peut-être par cœur mais c'était une « bon Dieu de bordel de merde d'enculée de vérité ».

Sur le *Lisboa*, l'Angolais n'avait qu'une cabine à partager avec un Yougo éthylique et un Philippin taciturne. Sa vie était sur les bateaux, une vie en escales avec Lisbonne comme port d'attache. Il refusait de penser qu'un jour on le débarquerait. Il préférait finir dans une coque retournée.

– Et l'Afrique, Diego ?

– L'Angola ? Ils m'ont sucé les escudos. Je n'y retourne plus. J'aimais pas le manioc et la purée de cacahuètes. Maintenant, je me fais des narguilés au mazout. J'ai même un oreiller dans la machine, au pied de l'alternateur. C'est mon autel. Sur le capot, il y a une Sainte Vierge entre des cauris et une photo de ma sœur Maïssa. Je partage notre église avec Selim. Il est turc, ce fichu musulman. Son tapis est rincé à l'huile de vidange. Il est plié à côté de ma sœur Maïssa. Ça marche bien comme ça. Ça ronronne comme les culbuteurs, même par gros temps. Tu sais ce que j'aime, griot, quand je ne suis pas de quart ? C'est monter à la passerelle, surtout la nuit. Je m'installe dans un coin avec un café et j'écoute. Le silence est comme une nuit d'Afrique, tiède, apaisante, une nuit en suspension. Tout est feutré, léger : *Barre à droite au 185°. Profondeur*

240 pieds. Écho sur radar. Navire à bâbord au 110. Les feux là-bas, c'est Chiloé. Détroit de Malacca. Terre de Feu. Río de la Plata.

Ensemble, nous avons évoqué Larnaka, Hong Kong, Tamatave, Buenos Aires. Nous en avons oublié beaucoup. Vers une heure du matin, un Asiat imberbe et un peu court a jailli dans le carré. *Mangadang araw*, bonjour en tacalog. Le Philippin s'est tourné vers moi :

– *Mabuhay. Welcome. Tienes un cigarillo ?*

– *Si !*

– *Thank you.*

– *I am looking for my skirt.*

– *I don't know.*

Il sort. Je n'ai pas tout compris.

– Il cherche toujours quelque chose, son slip, ses chaussettes, et maintenant c'est sa jupe.

J'ai regardé Diego avec un œil de poule.

– Il n'aime pas sortir en homme, il se trouve trop petit.

Pas le temps de commenter. Diego a enchaîné. À bord, à part le Turc, personne ne parlait ou presque. Alors, il filait au bistrot de l'Arsenal et il alpaguait un marin inconnu. Il racontait. C'était une pépie, une soif irrésistible. Son amie de lit quand il revenait à quai était une grosse Cap-Verdienne : Irène de Almeida. C'était une grande famille. Irène n'avait eu que le nom en héritage. Elle servait au bistrot et câlinait Diego quand il pleurait sur son naufrage. Il aimait bien dormir entre ses cuisses qu'elle écartait largement. Elle était confortable, Irène. Elle laissait le petit Diego mettre sa tête au bord du sexe. Il se lovait comme s'il voulait revenir à l'intérieur de la femme. Quand il avait chassé les cauchemars, elle lui suçait le *zan* jusqu'à la sève. Alors il s'apaisait. Un jour après la « petite mort », dans une léthargie proche du sommeil, il avait entendu Irène murmurer : « C'est bon, un homme tranquille, démuni, apaisé. » Il avait grogné un sourire. Il s'était souvenu d'un type sur les quais, un dimanche d'hiver, qui avait dû être prof de philo dans l'Antiquité. Il affirmait avec violence que les hommes sans femmes c'est pas naturel, monsieur. Pourtant ils se sauvent pour vivre entre eux et aller tuer les enfants des autres. Ils se déchirent pour un bout de territoire. Ils s'entre-tuent même pour des femmes qu'ils ne garderont pas. C'est pour prendre le pouvoir, monsieur, pour la cruauté, pour soulager leur impuissance. Il leur manque l'essentiel, la maternité. Il prêchait avec émotion en gueulant : *Branlez-vous, branlez-vous. C'est la paix qui manque le plus.* Il affirmait que si on n'obligeait pas les hommes à se branler cinq fois par jour, il y aurait toujours autant de violence dans ce monde. La violence est une absence d'amour. Il faut qu'il coïte, l'animal, qu'il baise, qu'il copule, qu'il tringle, qu'il sodomise ou l'inverse. Il faut qu'il s'accouple ou qu'il se branle. *Branlez-vous.* Il avait fini sa crise à genoux, en sanglots, puis avait ajouté à mi-voix : *Épuisez-vous, épuisez-vous* ! Il faisait froid. Tout le monde était sourd. On est sourd quand il fait froid. Irène aussi pensait qu'il fallait caresser, détendre la bête, l'apaiser. Un soir qu'elle agitait Diego avec une énergie farouche et une joie désarmante, elle lui avait dit, haletante : *Regarde, regarde, vois comme il est agressif, ton sperme. Il fait beaucoup d'histoires pour rien. Il gicle comme s'il voulait conquérir le monde et il retombe foutu. Finalement, l'agressivité, ça s'éjacule.* Irène suivait certainement des cours de philo.

Un dimanche de Pâques, Irène était venue à bord. Le *Lisboa* partait pour le Brésil la nuit suivante. Il avait pris Irène entre les deux couchettes pendant que le Yougo éthylique cuvait sa bière dans le carré des équipages et que le Philippin faisait sa lessive. Il n'y avait qu'une position possible. Elle s'était appuyée sur la couchette du bas, le nez dans le linge sale et une odeur d'hommes pas frais. Il l'avait prise comme ça en faisant attention à ne pas se cogner dans la couchette du haut. Il s'était assoupi sur ses fesses tellement c'était chaud. Il les appelait mes deux édredons. Ils avaient somnolé dans cette position jusqu'au retour du Philippin qui avait pondu une phrase en porto-anglais du genre : « Finissez, je reviens plus tard. » Ils avaient fini. Après, Irène était allée, non sans mal, dans le sanctuaire, à la machine. Les portes étanches et les échelles avaient maltraité sa généreuse corpulence. Elle avait sali sa robe jaune. Essoufflée, au bord de l'asphyxie, elle avait montré la photo.

– Qui c'est, celle-là ?

– Ma sœur.

– Elle est belle.

– Je sais pas.

– Comment, tu sais pas ?

– Je ne la connais pas, je ne l'ai jamais vue.

– Comment tu sais que c'est ta sœur ?

– Je sais pas. Je crois. J'étais revenu chez moi. Ma mère était morte. C'est ma grand-mère qui m'a dit : t'as deux sœurs que tu connais pas. Où sont-elles ? j'ai demandé. Plus de nouvelles, a murmuré la vieille. J'ai piqué cette photo avant de repartir, il y en avait d'autres mais c'était la plus belle.

– C'est peut-être pas ta sœur.

– Peut-être, mais c'est bien d'avoir une sœur.

Ils étaient restés assis le cul au chaud, à boire du Nescafé dans les verres à thé du Turc essuyés au chiffon gras qui, avec la théière, laissait un goût amer de suif, un goût d'étoupe chaude que Diego adorait, elle aussi pour lui faire plaisir. Ils étaient bien.

Diego ne sortait pas de l'arsenal. La ville lui faisait peur. Pourtant, il aurait bien aimé voir les rues de Noël. Mais pas tout seul. Irène l'emmènerait. Il avait peur des coulées de lumière. Il aimait la pénombre des coursives et le silence des quarts. Loin de la matrice, il était inquiet, sur ses gardes. Il n'aimait pas les voitures et les cris. Il aimait seulement le ronron des diesels, la mer qui chuinte sur la coque. L'Océan est amniotique. Pourquoi pas !

Nous y sommes nés, ont dit ceux qui savent. Les marins sont au plus proche de la Création première. La mer est leur berceau. Au fond, *il y a des jonques mythiques qui couvent sous la nacre des attraits mortels.*

– T'as pas d'ami, Diego, lui répétait Irène.

– J'en avais un, il est mort. Il s'appelait Moussa la Cambuse. Ils l'ont jeté aux requins au large de Durban.

Moussa, c'était son frère angolais. Un grand type calme et fort comme un buffle, une masse de bonté qui coinçait aux portes étanches. Sur le *Lisboa,* il avait fini à la cambuse, d'où son nom. Il défendait les réserves comme un guerrier. Moussa n'était pas achetable. Il ne voulait rien savoir des règles parallèles, il résistait à toute corruption, toute menace. Même Diego disait que pour un Africain, Moussa était un cas. Drôle de marin aussi, il avait le mal de mer. Une nuit de houle, longue, très longue, il dégueulait sur les passavants. Deux tronches qui voulaient bouffer du nègre l'avaient passé par-dessus bord. Vu et connu par Diego, son frère d'Afrique, qui était resté planqué comme un rat avec les clous de la peur qui lui déchiraient le ventre. Il avait senti une grosse chaleur de haine lui remonter jusqu'au cœur pour ne plus s'en aller. Ça aussi, ça le torturait, de n'avoir jamais pu porter plainte. Qui allait croire un Angolais vengeur égaré sur le pont par nuit noire et qui risquait lui aussi d'être bouffé comme l'autre ? Les deux furoncles ont débarqué au Costa Rica l'escale suivante.

– C'est important les amis, Diego. C'est pas bon pour un homme d'être seul.

– Je t'ai, c'est bon comme ça !

Diego avait acheté une soie pour Irène à un marin qui revenait d'une ligne d'Asie, Pakistan, Malaisie et à suivre. On trouvait les mêmes rue Magellan ou au marché, mais celle-ci avait voyagé dans la cabine d'un matelot néo-zélandais, bien à plat entre des paréos inutiles et un pull irlandais. Qui n'invente ne rêve. Il devait y avoir aussi la photo de l'amoureuse du port d'attache. Une jeune fille blonde qui attendait son mataf rugbyman et ses petits cadeaux. Il faut toujours des petits cadeaux pour les femmes des ports. Celle-ci pourrait renifler sa peine. Son marin fauché par le jeu et la bière revendait en escale les petits présents pour la dame. Une histoire d'amour en faillite. Une de plus. *Tu pars quand ? – Je ne sais pas ! – Tu reviens quand ? – Je ne sais pas ! – Tu sais jamais ! – Ben non, c'est le métier. – Bon j'attendrai. – Quand est-ce que tu arrêtes ? – Pourquoi j'arrêterais ? – Pour moi. – Et qu'est-ce que je ferai à terre ? – Tu m'aimeras, on s'aimera plus longtemps. – Non, qu'est-ce que je ferai ? – On verra ! – On verra rien, je suis un marin, je travaille sur l'eau. – On se mariera ? – Bien sûr qu'on se mariera. – Je t'attendrai.*

Mais d'attendre, on se lasse. Même une fille de Wellington blonde et amoureuse peut se lasser. Les lettres se font plus rares et un jour, sur le quai, il ne reste que le passé. L'avenir a foutu le camp avec ses boucles d'or et ses petits talons, cette jolie bouche humide et le reste. Un marin, ça fait des enfants sans père, alors non, merde !

Il y avait des collines d'étoiles derrière le hublot. Lisbonne clignait des yeux, complice. *Back to the seventie's*. Je me frottais à l'autre vie, celle d'avant, en col bleu et pompon rouge. Le cul lourd, affalé sur le formica encombré de bouteilles vides, j'écoutais Diego, voix off d'une fiction sentimentale et maritime avec Irène de Almeida dans le rôle principal. J'aurais bien aimé rencontrer la star. Elle m'aurait pressé sur ses coussins comme un enfant. Elle aurait ri peut-être, avec une secousse charnelle, une onde, une vibration, et je me serais assoupi en ronronnant.

Irène était heureuse d'avoir ce nègre entier qui s'occupait de son métissage. Diego avait un rêve. Il se disait que le vrai bonheur, ce serait qu'Irène habite avec lui à bord. Une cabine pour deux. Il se ferait dorloter en sortant des quarts. Mais un bateau, ça bouge trop, ça s'en va, ça ne reste jamais en place. Elle était bien au bistrot, avec sa piaule dans la petite cour. Elle ne voulait même pas retourner dans les îles, c'était trop petit maintenant. Irène était retournée deux fois au Cap-Vert, à Curral Velho, sur l'île de Boa Vista. La première fois, tout avait rétréci. Pourtant, aucun orage n'était passé, aucune lessive du ciel. Rien ne tombe plus depuis longtemps. Mais l'épicerie était devenue minuscule, le village un lieu-dit où les morts n'avaient laissé que des fantômes, des brumes de souvenirs. Pourtant, tout était pareil, trop pareil sans doute, mais en plus petit. Drôle d'impression. La deuxième fois, ce fut un aller-retour pour enterrer la mère. Elle aussi avait rétréci sur son lit. Il n'y a que le cimetière qu'elle avait trouvé plus grand. Ce fut son ultime impression, à Irène. Son île devenait un cimetière.

– Tu exagères, lui avaient répondu les copines de Lisbonne.

– Peut-être, oui. Les enfants, ça voit tout en grand. Leur monde, c'est le creux du lit, la cabane dans un arbre. Le village est une ville, la maison un château et la promenade du dimanche une randonnée qui n'en finit pas. L'enfance, ça rêve du monde des grands, alors quand c'est grand, c'est déçu. J'y retourne plus. Et Diego qui voudrait que je vive dans sa cabine, un crapaud dans une boîte d'allumettes. Sa machine, c'est son jardin. Il dit que c'est une matrice.

Maïa avait sifflé comme un camionneur.

– Il pense trop, ton Diego. Il a fait des études ?

– Tout seul.

– Il est autodidacte ?

– Oui.

– Pour un noir, c'est une lumière !

Irène lui avait balancé une baffe.

Diego n'avait pas aimé cette enfance de la peur et son départ précipité de l'Angola. Il n'avait pas aimé non plus cette adolescence catholique dans la banlieue de Lisbonne. M. Cabeza de Vaca l'avait beaucoup aidé. Il était entré à l'école des mécaniciens sur concours. Pas mal, le nègre ! Ta gueule, mal blanc ! Il était sorti avec un brevet de diéséliste et il avait embarqué, toujours grâce à M. Cabeza de Vaca.

Je suis portugais, j'aime le fado. Il aime le fado, ça fait rire. Il est noir, ça fait rire aussi. Diego faisait rire. Tant mieux ! En écoutant le fado, il pleurait, alors il écoutait la musique en cachette. Sans famille, sans plus jamais sentir qu'il était africain qu'en regardant sa peau, Diego rêvait d'enfants. Il aurait aimé avoir deux filles et deux garçons, peu importait la couleur. Il savait qu'il n'en aurait ni avec Irène ni avec une autre. Où les mettre, quand les voir ? C'est douleur et acceptation, nostalgie, et parfois le trou noir comme la nuit définitive. Alors, il repeignait la vie comme ça lui venait. Quand la femme du capitaine venait à bord, c'était Diego qui s'occupait des enfants. Il descendait avec eux dans le ventre du navire. Il leur racontait des histoires. Dans le puits aux chaînes, il leur faisait écouter la musique des vagues contre la coque. Il disait que l'Océan possédait le plus grand orchestre du monde. Diego aimait le merveilleux, comme les enfants.

Leur grand bonheur, c'était la peur, alors Diego se cachait dans un coin obscur de la cale et il leur racontait l'histoire du crocodile et de la gazelle ou la fable du porteur d'eau et de la princesse Cana. Le frisson était merveilleux. Ils écoutaient Diego sans le voir et quand l'angoisse était trop forte, ils criaient. Ils se précipitaient sur les échelles des coursives, franchissaient les sas poursuivis par le *cabéchien* furieux, un animal entre la chèvre et le chien qui hantait les profondeurs du bateau. Ils devaient éviter les chauves-souris géantes et le ptérodactyle transparent. Alors, essoufflés, ivres, ils jaillissaient dans la lumière.

Juste avant l'appareillage, Diego les regardait descendre la coupée en tenant la main de leur mère. Il souriait, au bord du sanglot, en se rappelant une chanson qu'un Français disparu sur l'avant du *Niemski* fredonnait sous les étoiles.

Et le soir le long du bossoir
Le marin pleure
De s'être engagé
Dans ce putain de métier
La marine…

C'était un ancien de la Royale, comme toi, mon frère. Il avait déserté au Brésil pour une poule métisse. Dix ans plus tard, fauché, il s'était engagé comme mécano sur le premier bateau qui revenait vers l'Europe via Singapour et Colombo. C'était le *Niemski*. Salut, matelot ! Amen !

Diego et moi étions passablement faits. Une fille est entrée dans le carré, avec visiblement une perruque sur la tronche.

– *Did you find your skirt ?*

– *Yes. Si, señor.*

– *He's your friend ?*

– *Yes !*

– *Not bad !*

– *Fuck you.*

– *I love that.*

– *Tchao, amore.*

– Pas si taciturne, ton compagnon de cabine !

– En femme, non ! C'est bizarre. Une erreur d'aiguillage !

Sur une étagère, il y avait des cassettes vidéo, Stalone et Bruce Willis. Il y avait aussi du X.

Un marin, c'est trop souvent seul. Ça se pogne parfois, la nuit, face à la mer ou clos dans sa couchette. Diego aimait mieux faire ça dans le sillage du cargo que dans le cul d'un pédé. Chacun son truc. Un mec lui avait fait une pipe un jour. Il n'avait pas trop aimé. Il voyait la gueule du barbu aller et venir sur sa trique. Il avait ri et débandé. Le type vexé lui avait mis un coup de pied dans les couilles. Plus jamais.

– En escale, je descends à peine, j'esquisse une exploration. Je garde le mystère. Le port, c'est la frontière. Au-delà, c'est l'aventure terrestre et j'ai le mal de terre. Un cargo en escale, *c'est un quartier de la ville qui a pris ses distances*, c'est un morceau de tous les ports du monde. *Let's cast off* – larguez les amarres. On coupe le cordon, on retire les chaînes. Quand la mer est mauvaise, je sors me faire battre par elle, je vais prendre une dérouillée avec des gifles de sel jusqu'au sang. Il y a des embruns du Nord comme des fouets d'épines. Je ne suis pas un Africain des terres intérieures. Je dois être d'origine lébou, pêcheur, avec des ancêtres cap-verdiens. Encore une erreur d'aiguillage. Tu veux voir la machine ?

Je suis descendu dans le temple avec précaution. L'échelle était huileuse. Diego essuyait la rampe devant moi. Il souriait. J'imaginais Irène, un Botero en équilibre.

– Regarde, dit-il.

Au sein du temple sur l'alternateur-autel, il y avait Maïssa, le tapis de prière du Turc, la Vierge, deux verres à thé jaunasses et une croix avec deux clefs de 17. Elles étaient assemblées par une surliure de fils électriques, du grand art. Des bleus empesés à l'huile de vidange s'accrochaient aux tuyaux. Un fauteuil défoncé de Mercedes attendait le matelot de quart. Une poupée portugaise avec une robe de mariée avait pris sa place. Elle avait un foulard de soie autour du cou.

– C'est le foulard d'Irène. Elle me l'a laissé pour que j'aie son odeur avec moi. Regarde.

Diego était illuminé. La salle des machines était chaude, graissée, mazoutée, accueillante pour tous les mécanos du large. Dans un coin, des tuyaux de cuivre astiqués comme pour une revue de détails s'enchevêtraient en spirale, se courbaient, s'évasaient en embouchure. C'était le seul endroit étincelant de la machine.

– C'est l'orchestre, sourit Diego : la trompette, le bugle, le saxo, le coulisse et le clairon. Quand les chevaux galopent, tu fermes les yeux, tu choisis ta musique et tu t'envoles.

– Tu m'as dit que tu aimais le fado.

– J'aime tout ce qui m'emmène en voyage. La musique m'aide à croire que tout est possible. Ça laisse les requins au fond de la mémoire. Ça torpille les cauchemars. Le Trio élégiaque n° 1, c'est la houle avant les déferlantes.

– Tu vas aux concerts ?

– Avec M. Cabeza j'y allais beaucoup.

Son maître d'école à l'orphelinat, M. Cabeza de Vaca, avait un frère officier de marine qui venait souvent le voir. Il emmenait Diego écouter de la musique. Ça le faisait pleurer. Il aimait bien voir Diego pleurer. Il aimait bien Diego. Diego aimait bien la musique que M. Cabeza de Vaca aimait. Les Cabeza de Vaca étaient d'origine espagnole, d'une grande famille de marins depuis le XVe siècle. Leur ancêtre, le grand Cabeza de Vaca, avait été le survivant d'une épopée rocambolesque de dix années d'errance aux Amériques du temps de la conquête espagnole. C'était en 1528. C'était loin.

– Tu t'en fous ?

– Oui !

Je m'étais installé dans le fauteuil de Mercedes, une bière chaude à la main, la poupée sur mes genoux. Je caressais la soie d'Irène.

– Tu savais que la conquête espagnole avait tué tant d'Indiens qu'elle n'avait plus de main d'œuvre et qu'ils firent venir des nègres ? Les cons !

– Tout ça pour me parler de toi…

– Tu veux une autre bière ?

– Tu me soûle, Diego. Pourquoi tu n'es pas officier mécanicien ?

– C'était pas pour les nègres angolais. C'était pas prévu, maintenant si. Je me présente au concours en janvier.

J'avais renversé la tête en arrière, ivre. Au-dessus de moi, on avait peint en blanc une date et un nom : Thuan Huang. Diego m'a regardé. Il est resté silencieux. Il y avait une délicieuse odeur de fuel et de vieille huile. J'ai fermé les yeux. Diego n'a pas résisté longtemps.

– Dans un camp de Pol Pot, il avait vu son père se faire éventrer debout et marcher les tripes dans les mains jusqu'à ce qu'il tombe dans une fosse avec les autres, un dernier regard à son fils. Il n'avait pas pu oublier. Il a voulu être marin pour ne jamais plus mettre un pied à terre. C'est ce qu'il a fait jusqu'au bout. Le moi est éphémère, disait-il. Alors, un jour qu'on approchait du Cambodge du côté de Kampot, dans le golfe de Thaïlande, il est venu se pendre au tuyau. Il avait laissé un mot : *Ne m'enterrez pas*. On l'a immergé.

Comme Irène, l'enfant Diego avait rêvé d'un monde de grands, lui aussi, un monde noir et blanc à colorier, lumineux, où tout le monde bouffe et personne ne s'étripe. Oublie !

– Raconte-moi ta vie, frère de la nuit, tes enfants, tes rires.

J'ai raconté.

– Raconte-moi la Royale.

J'ai raconté.

De retour dans le carré, on a allumé la cafetière.

– Tu n'as jamais revu les tueurs de Moussa ?

– Si ! Un soir, au bistrot de l'Arsenal, il y avait un match important entre Lisbonne et Bordeaux. Ça gueulait à chaque corner. On faisait cul sec pour un but. On bouffait du *bacalhau* et de la *feijoada* à la louche. Deux types sont entrés à la mi-temps. Pendant le match, je ne les aurais pas vus. Mais à la mi-temps, le regard se disperse. Irène était occupée. Je finissais ma purée aux calamars. La cuiller s'est arrêtée au bord des lèvres, le cœur aussi.

– Alors ?

– Je ne pardonnerai jamais.

– Alors ?

Diego ne m'en a pas dit plus. J'étais surpris de n'avoir pas sommeil, il était tard ou tôt, peu importe. Ça bougeait dans le carré. Le Turc avalait un café.

– Tu appareilles quand ?

– Tout à l'heure !

– Je me tire !

Je suis sorti enfumé, ivre, cueilli par le petit jour. Il y avait des ordres en anglais, des confusions de langues. Une femme embrassait un homme au bord de la coupée. Au-delà des containers chargés, des marins s'affairaient aux aussières. Un remorqueur soufflait à la proue. Manœuvres de port pour le *Lisboa* qui allait appareiller pour le Golfe persique.

– Salut, l'Angolais !

– Salut, frère de la nuit !

Le concierge de l'hôtel m'a tendu la clef avec un regard sur la pendule. J'ai titubé dans les coursives. Ma cabine était trop grande, trop luxueuse. Je ne voulais pas dormir. J'avais peur qu'au réveil, comme tous mes rêves, celui-là s'évanouisse. L'oreiller m'a sauté à la gueule.

Cinq ans plus tard, je n'ai pas oublié, je dévale encore les ruelles d'Alfama pour rejoindre les quais. Le *Lisboa* est en mer. J'hésite un instant devant le bureau du port. Personne ne se souvient de Diego l'Angolais. Je ne sais pas son vrai nom. Il ne me l'a jamais dit. Un marin n'a pas d'adresse. « Vous reconnaîtrez, monsieur, qu'il est difficile de vous renseigner. Il n'y a pas de Diego sur le *Lisboa* qui est à Panamá. S'il était sur ce bateau, il n'y est plus. »

Je file au bistrot devenu un restaurant chic de la nouvelle marina. Il y a peu de raisons qu'ils se souviennent. *Irène ? Quelle Irène ? – Irène de*

Almeida, une Cap-Verdienne. Elle travaillait dans le bistrot qui était ici. – Ah !

Tout le monde se fout de mon histoire. Ils ont du boulot. Je dérange. Je glisse vers la porte automatique. Désœuvré, je reviens là où les marins perdus se retrouvent, avec un fil de pêche au fond du Tage. Sous la grande grue immobile, ils sont tous là, pas les mêmes, d'autres, mais les mêmes quand même.

– Salut, frère de la nuit.

Diego sourit. Il a la barbe grise. Il a quelque chose de vulnérable, de fragile.

– Je te cherchais.

– Tu m'as trouvé.

– Tu es sur quel bateau maintenant ?

Silence.

– Ils m'ont mis en cale sèche.

– Pourquoi ?

– Je parle trop.

Silence.

– Viens, on va marcher.

Diego acquiesce.

– On a retrouvé les deux tueurs de Moussa dans une coque rouillée du cimetière des bateaux. La nuit où je les ai revus, je les ai suivis jusqu'au cimetière. Là, dans une coque abandonnée, ils enfermaient des filles pour s'amuser avec. Je suis revenu à bord chercher de l'acide. Au retour, des gamines pleuraient dans la vase. Elles étaient déchirées de partout. J'ai abordé l'épave avec mes bouteilles. Ils avaient déjà été butés. J'ai répété partout que la mer avait demandé justice à la terre afin de punir les tueurs de nègres. Ils m'ont interrogé. J'ai raconté la mort de Moussa par les marins du *Lisboa*. Ils ont pensé que j'avais nettoyé les types, mais les filles avaient parlé de quatre blancs et d'un pick-up japonais. J'ai été débarqué pour le procès et je n'ai pas retrouvé de bateau.

– Et ton examen d'officier ?

– Raté pendant le procès, réussi l'année suivante.

– Alors tu vas réembarquer ?

– Sur quoi ? On m'a proposé un autre cargo russe, genre *Niemski* pavillon panaméen. Un tas de rouille qui tient par la peinture et le sel en cristaux : *Le Rostov*, une ferraille de trente-huit ans. Capitaine Vladimir Niassef, avec un équipage d'Odessa, un Roumain, quelques Serbes et un cuisinier albanais. Ça va chauffer. Salaires oubliés, grèves au mouillage, inspection Veritas, immobilisation à quai et abandon du navire par l'armateur véreux qui est un Grec de merde installé aux Bahamas avec une pute moscovite. Voilà ce qui m'attend.

– Et Irène ?

Il me regarde avec une innocence désarmante, comme un enfant démuni.

– Je vais te la présenter. Tu as de l'argent pour un taxi ?

– Oui, bien sûr !

Il ne dit rien pendant tout le voyage. Je m'en étonne. Les silences de Diego sont d'insupportables bavardages en attente. J'aime quand il parle. La voiture s'arrête. Je paie.

– Viens.

On traverse le cimetière. Il s'arrête devant une tombe.

– Voilà, je te présente Irène.

Dans un cadre de verre plaqué sur la tombe, il y a le portrait d'une femme et une inscription : *Irène de Almeida, née à Curral Velho, Boa Vista, île du Cap-Vert, en 1965. Décédée le 4 octobre 1997 à Lisbonne dans sa trente et unième année.*

– Maintenant, elle est vraiment morte.

Je suis un peu ému. Je bafouille.

– Pourquoi *vraiment* ?

– Quand je l'ai connue, elle était déjà morte. Je l'ai rencontrée à l'enterrement d'un copain qui repose dans l'allée d'à côté. J'ai vu sa photo sur la pierre. Je suis venu souvent la voir. Elle m'a beaucoup aidé. (Il sourit, au bord des larmes.) Elle a eu deux vies.

Je reste silencieux. Les hommes de mer aiment les filles de passage en rêvant à l'inconnue, la seule, l'unique, celle qui attend. Elle est la femme des nuits de quart, des longues traversées. C'est une compagne pour la mer. Sur terre, elle n'existe pas. On la devine. On ne voit que son ombre. Elle s'évanouit sans cesse. Elle n'est concrète que dans l'imaginaire. Les filles que les marins rencontrent ne sont qu'un multiple de l'élue, un morceau de la femme éclatée, un fragment de photo. Diego avait choisi Irène de Almeida et construit son rêve. Il y a eu d'autres Irène, beaucoup d'autres, des Fatou, des Maria, Isména, Molly, qui n'étaient qu'un éclat du miroir brisé d'Irène de Almeida, la compagne de Diego l'Angolais.

On marche beaucoup. Lui qui ne sort jamais semble épuisé, un peu ivre de ces collines. On s'assied pour regarder de haut le port du Tage, le château São Jorge et São Vincente. Il y a d'autres bavardages silencieux, des trains muets bondés de mots étouffés. Puis, soudain, il me demande des nouvelles de ma famille, de mes enfants surtout.

– Tu as des photos ?

– Je t'en apporterai. Tu as besoin de quelque chose, Diego ?

– De rien, mon frère. J'ai tout eu, les voyages et l'amour.

J'emmène Diego manger un *bacalhau* dans Alfama. Dans la rue en pente, un père parle à son fils, un jeune garçon de sept ans qui semble de mauvaise humeur. Diego rit. Je lui demande ce qu'ils disent.

– Le père disait : « Je t'assure que c'est vrai ! » Et l'enfant demandait : « Qu'est-ce qui est vrai, hein ? Qu'est-ce qui est vrai, papa ? » Le père a répondu : « Est vrai ce qu'on croit. » « Oui mais quand je rêve, je crois que c'est vrai, et c'est pas vrai ? » « Si, c'est vrai quand même. » L'enfant a dit : « J'aime mieux rêver. »

– Il a dit tout ça ?

– Presque !

Diego s'est tourné vers moi les yeux mouillés. Il laisse le silence se poser comme un papillon sur le fil fragile qui nous lie. Il finit par s'envoler.

– Je me souviens, j'étais avec ma mère. J'avais l'âge de ce garçon. Elle m'avait raconté un rêve. « Je t'assure que c'est vrai », avait-elle dit. « Qu'est-ce qui est vrai ? » « Ce que je t'ai dit. » « Mais c'est un rêve ! » « Quand tu rêves, tu crois que c'est vrai, alors c'est vrai. » Nous croyons beaucoup à l'invisible chez nous. Il est aussi vrai que le visible. C'est l'autre vie, celle du rêve, un monde de l'autre côté du sommeil, celui où l'esprit voyage libre, sans contraintes. La terre des hommes m'empêche de rêver, mon frère. Sur mer, je suis ivre de terres inconnues. À quai j'ai peur, je chaloupe. Je perds l'équilibre. C'est en mer que je sens la terre bouger, se balader dans l'univers. Je suis perdu ici. Il faut que j'embarque, mon frère. En attendant, je vais m'occuper de trouver une vraie Irène. Il y en a peut-être une qui lui ressemble, une plus forte que la mer.

– Je ne crois pas, Diego. Où dors-tu ?

– Dans une pension pour marins derrière le musée d'Art moderne. C'est bien, tu sais. On est entre nous. Il y a les « qui navigue » et les « cales sèches ». On se raconte nos histoires. Enfin, moi, j'écoute surtout.

Une femme passe, qui se balance dans la vie. Elle sourit, pas farouche à nos regards. Qu'y a-t-il de plus beau que le désir ? Nous nous retournons.

L'inconnue s'éloigne, gracile, légère, inaccessible déjà. Je sais que je ne reverrais plus Diego, le griot du *Lisboa*. Il finirait sa vie à raconter celle des autres, des récits de mer, les voyages de son inépuisable imaginaire. Il y aura des nuits de quart, encore. Et peut-être qu'un soir, au large de la terre, sur un cargo fantôme, il sombrera.

JEANNE

Ils avaient nourri leur bonheur dans l'absence, dans une sorte de méditation intensive de l'autre…

Jeanne avait fini ses jours et ses nuits la tête à l'envers dans un asile de La Rochelle après qu'une voiture eut bousculé sa bicyclette. Depuis, elle s'était absentée de la cohérence des autres. Elle tentait de siffler comme son frère, le noyé. Elle errait, titubante, dans ce monde étranger, entre le lit et la fenêtre. Elle regardait les tilleuls de la cour, avec bourgeons, avec feuilles, puis sans feuilles. Quand elle devina l'ombre de la fin, elle esquissa un sourire qui ne la quitta plus et qu'elle emporta là-bas où son Ange l'attendait. Elle avait donc un ange. Elle ne traverserait pas l'écran noir sans cette lumière. Les bonnes sœurs étaient heureuses que Jeanne ait la foi.

Pierre était arrivé par le train de nuit. Il venait de Marseille où son bateau faisait escale. Il aimait les arrivées au petit jour, quand la lumière fragile hésite encore sur les pierres et l'eau du port. Les jours d'avril se lèvent tôt et les bistrots aussi. Sur le quai Duperré, il s'assit à la terrasse du premier bar ouvert, commanda un café et deux pains beurre, comme d'habitude. Il regarda une petite fenêtre au dernier étage d'une maison sur les quais, celle d'une chambre qu'il avait occupée, près de la grosse horloge, puis les deux vieilles tours face à lui. Une voile élégante profitait du premier souffle pour laisser derrière elle un sillage gracieux. Une partie de sa vie était peinte là, sur une toile claire.

Jeanne avait choisi de s'en aller pendant que son cargo accostait la *digue du large* à Marseille. Elle n'avait pas eu la patience d'attendre plus longtemps. Ça se comprenait. S'il avait été à l'autre bout du monde, il aurait bouffé sa solde avec un billet d'avion et il serait venu. C'était bien comme ça. À côté de lui, un type recrachait sa première clope du matin. Elle lui cramait les poumons avec un bonheur désarmant. Pierre téléphona à Marie. Elle devait le rejoindre à Marseille pendant sa brève escale. Apprenant la mort de Jeanne, elle avait voulu se rendre à La Rochelle mais il lui avait demandé de n'en rien faire. Il n'y aurait pas assez de place ni de temps pour eux dans cet adieu. Elle avait compris. En l'absence de la famille dispersée et oublieuse, Pierre était le seul à pouvoir s'occuper de Jeanne. Il y avait entre eux une tendresse indéfectible, un voyage dans la mémoire qu'ils avaient fait ensemble.

Le jour était maintenant tout à fait debout. Dans la salle du bar, une femme noire égarée entre les tables laissait traîner une serpillière. Elle gardait les yeux dans le seau au fond duquel elle devait voir des mangroves sur des îles de coquillages et une petite fille rieuse qui caressait la nacre. C'est ce qu'il pensa. Il jeta son sac sur l'épaule et chaloupa sur le quai. Il passa près de la tour Saint-Sauveur où un jour, enfant, il avait bravé l'interdit et grimpé jusque là-haut pour voir la ville originelle s'enrouler en escargot autour de l'église, les toits comme un jeu de cartes en éventail. Il tourna rue du Temple et jeta un œil à l'église des Huguenots où il emmènerait Jeanne une dernière fois. Des enfants y entraient pour l'école du dimanche. C'est vrai, on était dimanche et puisque c'était dimanche, il ne put se baigner dans les parfums des Dames de France, rue du Palais. Tout était fermé, tant pis. Il pressa le pas. Il était bien, il se sentait léger, avec un drôle de bonheur au fond du ventre.

Il y avait du monde devant la cathédrale. Des types à la cloche, des jeunes, mendiaient avec un clébard à vous déchiqueter la main si vous donniez une pièce. Ils buvaient des bières et roulaient les cannettes sur le parvis. Pierre aurait voulu les emmener regarder le monde, les foutre sur le premier cargo en partance pour qu'ils voient, qu'ils se réveillent, qu'ils enterrent leur misère, leur enfance si elle était trop moche, qu'ils oublient leur famille s'ils en avaient une, l'école où ils étaient allés et qui n'avait pas su… Ça le faisait chier, Pierre, parce qu'ils étaient trop jeunes pour n'avoir pas d'espoir, parce qu'il pensait à Ange et à Jeanne, parce qu'il était bien, il était beau, fort, que c'en était indécent.

Il avait eu de la chance. Il avait eu Jeanne, lui ! Ça le faisait chier de voir que ceux-là n'avaient pas eu de Jeanne dans leur enfance. Alors il marcha plus vite en avalant le soleil. Il s'envola au-dessus des casernes et atterrit dans la cour de l'asile. Il passa voir Jeanne au frigo de la morgue. Il baisa son front glacé sans douleur ni tristesse. Ce fut un baiser bienveillant, comme une caresse avec une attention complice. Elle était allée retrouver son Ange et n'avait pas besoin de courage pour cela. Elle était délivrée de la vie qui sans lui n'était pas une vie. Pierre le savait et n'eut pas de chagrin. Il pensa seulement qu'il fallait enterrer Jeanne avec son trésor. Alors il prit l'autobus jusqu'à la rue des Quatre-Fages. Il marcha rue des Soucis qui croisait la rue des Marguerites et celle des Pensées, dans un quartier fleuri de cabanes en bois et de jardins ouvriers. Il récupéra la clef de Jeanne chez une voisine attentionnée qui, les derniers temps, lui portait sa soupe et lui faisait quelques courses. Il regarda la ligne de chemin de fer et passa sous le pont. Sur l'avenue, il entra dans la petite maison préfa. Tout de suite, il remarqua l'absence du trois-mâts barque sur le buffet. Il éprouva cette fois une vraie tristesse, cette tristesse-là, après qu'une main sacrilège eut dérobé le trésor de Jeanne. Le portrait de son Ange était là, heureusement. Pierre resta en apnée pour arrêter le temps. Il regarda la poussière sur le vernis des meubles, comme un voile pudique, un tissage fragile de l'absence. Il laissa un doigt dessiner une ligne sombre, un cœur avec le J de Jeanne et le A d'Ange. Puis, avec la paume, il effaça le tout. Il ne lui resta dans les mains qu'un peu de poussière grise qu'il souffla. Un rai de lumière dans la pénombre la retint prisonnière et la fit danser. Pierre s'y baigna un instant, tourna sur lui-même, ouvrit les mains et ferma les yeux.

Soudain il perçut un bruit sourd, comme un tremblement de terre. Il se figea, un grondement lointain venait vers lui, jusqu'à décrocher son cœur. Il s'approcha de la fenêtre et attendit, grave et lumineux. Au-delà du cerisier mort que personne n'avait coupé, il regarda la ligne de chemin de fer sur la butte où allait surgir la bête qui avait secoué son enfance. Elle tirait des grumes de bois venant du Gabon ou de la Côte d'Ivoire, du Brésil ou de Bornéo. Elle avait quitté les quais, glissé le long des navires et rampé sous les traverses d'acier du môle en poussant un cri rauque de conquérant. Elle crachait des jets noirs qui laissaient de longues traînées sur le vert sombre de la tôle. C'était un train lourd, mystérieux, à la destination inconnue.

Dans son enfance, il regardait chaque nuit à travers la vitre le monstre qui se détachait dans le ciel marine. Une fois le grondement disparu, il s'endormait pour l'Afrique ou l'Amazonie, les forêts du Nord, jusqu'aux frontières de la toundra. Une nuit, il voulut connaître la peur. Au fond du jardin, il sauta le petit mur et remonta la butte à travers les ronces et les liserons blancs. Il se coucha sur l'herbe humide et caressa l'acier encore chaud du rail qui avait brûlé sous le soleil. Il respira l'odeur du goudron des traverses, la même odeur que le vieux chanvre et le calfat des bateaux. Il avait pris de l'avance et s'endormit. Le diesel traversa son sommeil. Il crut être déchiqueté. Il avait refermé les yeux en attendant le coup de grâce. Un câble pouvait céder et des tonnes de grumes l'écraser, on n'aurait retrouvé de lui qu'un chausson maculé de sang. Mais rien ne se produisit. Le convoi s'éternisait avec le rythme des roues comme un cœur à l'agonie. Bang-bang, bang-bang, jusqu'à disparaître dans le lointain. Bang-bang, comme un soulagement inoubliable.

Depuis, Pierre aime les trains de nuit, pour ce bang-bang et pour l'enfant fasciné par ces énormes billes de bois aux flancs desquelles étaient peints de drôles de signes, comme des messages secrets indéchiffrables.

Jeanne avait réglé ses heures sur les grondements de la machine. Celui de 6 heures commandait son réveil sauf le dimanche où elle restait les yeux ouverts jusqu'à la fin du rêve. À 12 h 15, il annonçait le déjeuner. Poisson bouilli et pommes de terre. On n'est pas *déglaçeuse* à l'encan, femme de marin et rochelaise si on n'aime pas le poisson. La locomotive du soir, celle de 22 heures, ordonnait le coucher sauf le dimanche où elle écoutait un feuilleton à la radio.

Pierre regarda dans la vitrine, quatre petits verres, un plateau de laque noire et une bouteille de liqueur. Le jour de l'an, Jeanne sortait le plateau et la bouteille de liqueur. Elle disposait quatre petits verres serrés les uns contre les autres. Quatre petits verres pour ses quatre fils qu'elle attendait tout le jour jusqu'à la nuit sans qu'ils viennent jamais. Elle les guettait par la petite fenêtre du devant. Elle passait une main tremblante dans ses cheveux blancs qui se rebellaient au peigne et son visage gris s'effaçait doucement derrière un halo de buée. Alors, quand l'ombre venait sur la rue, elle rangeait les quatre petits verres, la bouteille et le plateau de laque noire. Pierre avait toujours connu la même bouteille. La liqueur vieillissait elle aussi. Jeanne versait une larme et se couchait sans dîner pour tenter de rejoindre l'autre au plus vite. Mais la vie la retenait prisonnière et le sommeil peu charitable ne respectait pas les rendez-vous. Jeanne, dans son lit, le cherchait en vain. La place d'Ange était froide et rien ni personne ne la réchaufferait.

Dans la petite bibliothèque dormaient des aventures romanesques, les récits des Terre-Neuvas et quelques exemplaires du *Petit Journal* que Jeanne avait toujours gardés. L'un d'eux, celui de 1899, était titré : « Mission Marchand – Le vapeur Faidherbe dans la savane du plateau central allant du Congo au Nil. Le héros n'est pas mort. » Il y avait un dessin montrant une trentaine d'indigènes portant un morceau de la chaudière dans les hautes herbes africaines. Pierre sourit en retrouvant l'exemplaire de 1897, sur lequel on pouvait lire : « L'aventurier Gaston Beauchêne disparaît en Amazonie sur le fleuve Xingu. Le mystère s'épaissit, les émeraudes se ternissent. »

L'illustration en couleur, édifiante, soulignait l'agonie dans la jungle d'une expédition épuisée par les fièvres du Mato Grosso. Des crocodiles, gueules ouvertes, observaient leurs proies tandis que des sauvages nus, nez et oreilles percés, harcelaient les pauvres blancs avec des sarbacanes au curare. À la place d'un impitoyable soleil, une émeraude étincelait.

Pierre se rappela la dernière fois qu'il avait vu Jeanne à l'asile. C'était un dimanche, elle le dévisagea tendrement, déjà absente, puis son regard s'échappa à travers la croisée. Il y avait un bassin dans le jardin. Chaque jour, lors de la promenade, elle s'asseyait sur la margelle et regardait son reflet qu'elle déchirait avec un doigt en ridant la surface. Depuis quelques jours, la fontaine était gelée. Jeanne murmura : « N'a-qu'un-œil n'a pas menti, il y avait des émeraudes dans le lac Baobi. » Il la regarda dans le silence de la chambre et se souvint de cette histoire, la première que Jeanne lui avait racontée et la première qu'elle avait entendue dans son enfance. Elle avait écouté le récit bouche bée, avec permission spéciale parce que c'était veille de dimanche. N'a-qu'un-œil revenait de Zanzibar. Il était entré à La Croix du Sud, le bistrot du père, un soir d'hiver. Il avait surgi de la nuit dans un vieux paletot de laine, sous une pelisse de ragondin et un bonnet de loutre à oreillettes. Le vent l'avait bousculé d'un coup de fouet avec une volée de neige fondue. Il avait refermé la porte et attendu le silence. Puis il avait grogné d'une voix rocailleuse : « Je me présente : N'a-qu'un-œil. Facile à retenir », sans rire et sans permettre que l'on s'y risque. Il avait offert à boire à tous les marins en escale. Son visage était boursouflé par la vérole et le rhum frelaté. Il ne voyait que la moitié de la vie. C'est lui qui le disait en montrant son œil crevé. Il sortait tout droit d'un roman de Stevenson ou de Garneray, un pirate, une grande gueule, un long John Silver à deux jambes.

Jeanne, effrayée, était collée derrière le bar avec les yeux au niveau du zinc, les mains crispées de chaque côté. Il avait bu quelques verres et raconté son histoire. Il revenait avec un sac bourré de la folie des hommes. Il était parti à la recherche d'une pirogue d'émeraudes engloutie dans le lac Baobi. Il avait fallu traverser le désert de Malikané, territoire des Zoulous, les marais du Zobota et les jungles du Burunda Fassi. Personne à La Croix du Sud n'avait entendu parler du lac Baobi et du désert de Malikané, ni des autres choses d'ailleurs, les marins ne connaissent rien à la terre. Il était revenu seul survivant après deux années d'errance, avec une fièvre à vie et un peu d'or empoussiéré dans les poches. Il sortit une émeraude qu'il montra à tout le monde.

Aucun ne vérifia si le caillou était vrai. Le trésor existait, la preuve. Qui doute ? Silence.

Il décrivit l'effroyable expédition, les morts mystérieuses, les flèches empoisonnées, les femmes léopards aux dents d'or. Il raconta que les eaux du lac Baobi ne reflétaient que les visages de ceux qui allaient survivre. Personne ne se regardait dans le miroir sombre. Aucun homme n'osait lire son avenir. Sauf lui, l'homme de Zanzibar. Lui seul avait bravé les tabous et regardé dans le grand œil noir du volcan Baobi. À cette époque, il voyait encore les deux moitiés de la vie. Le jour où il osa, de gros nuages noirs étaient posés sur les lèvres du Baobi. Les sauvages pétrifiés regardaient le blanc fou. Le vent des montagnes froissa la surface des eaux et il vit son visage troublé par les plis de l'onde, un visage vieilli, ridé, celui de sa fin avec un œil en moins. C'était son avenir annoncé. Il se releva, poussa un hennissement sauvage qui traversa la montagne et colporta son courage. Les nègres, soumis, posèrent leur laine noire sur le sol puis se roulèrent dans la cendre pour devenir blancs comme lui. Plus tard, dans le golfe d'Aden, il perdit son œil dans un virement de bord. Un foc éclaté, une déchirure, un lambeau lui claqua la mirette, la creva et l'arracha de son orbite. Jeanne, hypnotisée, remplissait le livre de sa jeune mémoire. À la fin de ses jours, à l'asile où elle avait si froid, elle se souvenait et faisait la grande boucle. Elle détourna son regard de la fenêtre et revint vers Pierre. Elle lui dit que, dans la fontaine sous la glace, stagnaient les eaux du lac Baobi et que ces derniers temps elle n'y voyait plus son visage.

Dans la petite maison préfa, Pierre chercha avec délicatesse une lettre qu'il trouva à sa place, prit le portrait et revint dans la cuisine. Il eut un frisson et alluma le poêle en fonte. Jeanne avait toujours froid, même avec son châle de laine grise, une laine des Pyrénées épaisse, grossière, qui sentait le vieux chien mais sans lequel elle était nue. Il se souvenait d'elle, somnolente, assise près du feu, trop près, si près qu'un soir, assoupie, elle tomba sur la plaque brûlante. Elle garda toujours une tache brune à la racine des cheveux, comme cette Indienne de la rue Fleuriau qu'un armateur avait ramenée d'Indonésie et qui portait ce tatouage étrange au milieu du front.

Il trouva un bloc de papier quadrillé dans un tiroir et s'assit sur la chaise de Jeanne. Il fixa un moment les fleurs artificielles sur la toile cirée puis chassa une mouche morte. Il posa devant lui le portrait avec dans un coin une petite photo de Jeanne. Il ne la connaissait qu'avec du gris sur le corps, comme ses cheveux. Des cheveux fins rassemblés en chignon par un peigne en ivoire de morse rapporté par son Ange d'une campagne au Groenland. Il n'y avait que cette photo noir et blanc, plutôt grise elle aussi. Difficile de voir les yeux pâles, la rougeur des joues de cette jeune femme timide devant le photographe ou cette croix d'or sur sa poitrine. Elle devait avoir un corsage fuchsia sous une veste brune et des gants en fil d'écosse qu'il ne voyait pas mais qu'il devinait caramel. Enfant, Pierre croyait qu'autrefois le monde et les gens étaient noirs et blancs. Aujourd'hui il s'amusait à deviner les couleurs. Voyez, disait-il en montrant une photo de sa mère, elle portait une jupe rouge et un petit chapeau jaune et vert.

Pierre sentit la chaleur du poêle, pensa à Marie, rassembla ses rêves et écrivit :

Marie,

Ta voix était douce hier matin au téléphone, un peu triste, une voix mouillée comme le désir. Je m'aperçois que c'est la première lettre que je t'écris.

Jeanne est partie. J'irai mettre sur sa poitrine l'unique lettre de son unique amour. Laisse-moi te parler d'elle, nous nous connaissions si bien tous les deux.

Jeanne a vécu à La Rochelle. Elle n'a jamais quitté sa ville, son nid. Elle était vive et claire. Elle avait des yeux bleus qui riaient de si bien voir la vie. Sa mère était repasseuse, aveugle. À l'école d'Or, les filles lui demandaient : « Comment qu'elle repasse ta mère, qu'elle voit pas ? » Elles attendaient, la bouche ouverte pour gober la réponse. Jeanne simplement disait qu'elle caressait l'étoffe. Elle faisait la chasse aux plis. Le même geste doux et sensuel qu'elle aimait refaire infiniment dans les cheveux de sa fille. Le frère était gabier. Il sifflait des chansons d'amour. À terre, sa spécialité était les anneaux et le cheval d'arçon. Il était mort à vingt ans d'un coup de lame de mer au large de l'Islande. Le père tenait un débit de boissons rue Saint-Jean. Il boitait, avec une jambe trop courte. Patron de pêche, par une nuit de tourmente, alors qu'il aidait ses marins à hisser des filets, il avait reçu un retour de guindeau. On avait failli le raccourcir jusqu'à la hanche. Il avait vendu son bateau et acheté ce bistrot. Ça valait pas la mer même par gros temps, surtout par gros temps. Son thonier était bleu à liserés rouges. Il venait de le repeindre. Il s'appelait *La Croix du Sud*. C'était un souvenir de l'autre hémisphère, quant il était maître d'équipage du côté des Kerguelen. Un jeune astronome qui voyageait dans les étoiles lui avait lu la carte du ciel. Il avait hésité entre Cassiopée et la Croix du Sud. La mère avait dit que Cassiopée était un nom de femme et qu'elle préférait la Croix du Sud. C'était décidé. Ça lui mouillait les yeux de le voir sortir sous voiles brunes entre les deux tours. Son bistrot ne vaudrait jamais une allure au près avec son « bijou » et une bonne pression sur la barre à regarder l'étrave ourler la mer. Ça ne vaudrait jamais une houle à renverser les meilleurs. Une vie de chien peut-être, mais c'était mieux que derrière un comptoir à regarder le roulis des autres.

Après l'école, Jeanne aidait à servir ou livrait le linge que sa mère repassait. Elle connaissait l'Orient, la route des épices et celle de la soie. Bien sûr, il y avait les menteurs qui parlaient fort, les aventuriers fermés comme un coffre à trésors. Mais il y avait aussi les discrets, les rêveurs, les silencieux qu'il fallait apprivoiser, ceux qui parlaient doucement en murmurant la vérité. Dans le bassin des chalutiers, les bateaux attendaient la marée. La pêche hauturière était prospère. Au large, il y avait des goélettes au mouillage, des grands clippers qui naviguaient à plus de vingt nœuds, des steamers qui revenaient du Brésil, d'Australie ou de la mer Baltique. À quatorze ans, au désespoir de l'instituteur, Jeanne quitta l'école d'Or pour la Croix du Sud.

Un dimanche, le soleil passa rue Saint-Jean. Il éclaira la première table du débit. Il s'était glissé par les ajours du rideau de cretonne sur la vitre en laissant des éclats sur le bois sombre. Jeanne regardait les dessins de lumière quand la porte s'est ouverte sur un regard transparent. Le jeune homme portait une casquette de marinier. Une moustache blonde dessinait une jolie bouche. Il s'installa en silence, regarda Jeanne s'approcher et demanda à boire timidement. Elle ne se souvient plus de ce que Ange a bu ce jour-là. Il était arrivé avec *L'Iroise* de Saint-Pierre-Quiberon. Il cherchait un embarquement, comme beaucoup de Bretons. Il est revenu tous les jours. Un soir, il a dit au père qu'il partait au Chili par le Cap Horn. Il serait de retour dans six mois. Les marins promettent. La promesse, c'est une bouée, une balise qui reste au port. Le père a regardé le marin partir, puis sa fille : « C'est vrai, quelquefois ils reviennent. » Celui-là est revenu. Il lui avait écrit une lettre, une seule. Il disait qu'il voulait marier Jeanne. Voilà ! L'histoire commence comme ça ou finit comme ça. Jeanne s'est mariée avec le Cap-Hornier aux yeux transparents.

Il y eut d'autres voyages par le Cap Horn et celui d'Espérance. Jeanne n'a vécu la jeunesse de l'amour que pendant les escales de son Ange. Elle vivait avec cette douleur délicieuse de l'attente d'un cri, celui du marin essoufflé qui l'appelait depuis le pied de la tour de la Chaîne jusque dans la rue, et enfin dans l'escalier après des mois de houle autour du monde. Ce moment attendu choisissait de surprendre et de n'apparaître que dans l'inattendu de Jeanne. Elle ne bougeait pas, pétrifiée de bonheur, et se laissait cueillir par les mains d'Ange. Il la soulevait et la serrait dans ses bras de longues minutes. C'est comme ça qu'elle aurait voulu mourir, étouffée dans ses bras. Leur silence était une messe. Ils communiaient avec ferveur. Ils étaient ivres. Le cœur ouvert et le souffle revenu, il allongeait sa jeune femme sur le lit et elle se blottissait en lui pour l'éternité. C'est elle qui rompait le silence de l'amour. « Raconte. » Alors il racontait des mensonges tellement il l'aimait. Il mentait si fort qu'elle faisait semblant de le croire. Ange, qui ne savait pas nager, se serait jeté dans le port plutôt que de lui faire du mal.

– Il y a bien des femmes de l'autre côté du monde ?

– Des femmes, je n'en ai jamais vu.

Et ils riaient.

Elle aussi, une fois, pendant ces longs mois de solitude, elle avait eu envie d'un homme. Mais c'était payer trop cher le désir et elle n'avait que son Ange pour apaiser la brûlure. Il lui racontait d'autres mensonges, son mariage avec une reine des îles Salomon en cadeau de bienvenue pour renouveler le sang des sauvages. Pendant qu'il riait et répétait que c'était la coutume, elle pleurait pour se soulager des autres mensonges. C'était comme ça, leur amour. Elle savait bien qu'aucun homme au monde ne pouvait ignorer une fois là-bas, de l'autre côté de la mer, *"ces corps noirs polis par la lumière"*.

Une autre fois, un mois de décembre, il était revenu plus tôt à cause d'une avarie. C'était un peu avant Noël. Une neige anémique avait laissé un buvard gris absorber les taches brunes de la terre, un buvard déchiré par les proéminences. Un froid polaire intense était venu figer tout ça. Ils passèrent des heures emmitouflés comme des chasseurs inuits du côté de la Repentie, à regarder les steamers embrumés qui glissaient sur l'huile froide. La mer respirait mal, avec des mortes eaux qui semblaient ne plus finir.

Elle le lui avait dit le nez dans le col de son paletot à lui. Il n'avait pas bougé. Il ne respirait plus. Elle leva la tête et il resta dans ses yeux. Il y avait du bonheur à apprendre cela. Le soir, ils allèrent au bal de l'école d'Or, celle de l'enfance de Jeanne. C'était la première fois et peut-être la dernière. Elle se souvenait de celui-là. Ils valsèrent à s'étourdir et s'écroulèrent sur un banc près du poêle. Il dit qu'il avait dansé il y a deux mois à Arica du Chili sur le Pacifique, un port qui tournait le dos au désert. Jeanne émit un petit « Ah ? » interrogatif.

– Oui, il y a un bal des roses là-bas, une fois par mois.

– Il y a des roses dans le désert ? Menteur !

– Oui, un *río* qui vient des Andes coule sous terre. Il ressort d'une faille comme un serpent vert descend jusqu'à la mer avec des vergers et de grandes roseraies sur son dos.

– Ça doit être beau.

– Oui, ce doit être beau.

– C'est comment, le bal des Roses ? Toutes les femmes sont en rose avec des colliers de pétales ?

– Non, il n'y a pas de femmes là-bas, ou presque. Elles sont mariées. Alors, au bal, il n'y a que des hommes. Ceux qui font les femmes portent une rose à l'oreille.

– Ah !

– Oui, ce sont des ouvriers des mines de salpêtre, ils arrivent tous du désert. Le premier dimanche de chaque mois, ils viennent danser.

– Ah !

– Il y en a qui portent juste la rose et d'autres qui se déguisent en fille.

– Ah !

– On s'y tromperait tellement on dirait des filles. C'est interdit de danser entre hommes, bien sûr.

– Tu me dis qu'il n'y a pas de femmes ?

– Ben non, il n'y a pas de femmes, il faut danser avec une rose.

Jeanne ouvrait de grands yeux.

– Et toi, tu as dansé avec une rose ?

– Ben oui, les marins ont eu beaucoup de succès.

– Je te crois bien ! Et après ?

– Après quoi ?

– Après la danse.

– Rien. On a bu avec les filles, enfin… les roses !

– C'est tout ?

– Ben oui.

Ils se regardaient, du bleu dans le bleu. Ils souriaient. Il lui chuchota dans l'oreille pendant une valse :

– Sous le rouge et la poudre il y avait des hommes, Jeanne. Tu me vois embrasser une femme avec une barbe bien drue au matin et de la broussaille sur la poitrine ? Tu imagines que j'allais enfourailler un cul d'homme, même avec une robe, un cul de mineur poilu avec des pognes de piocheurs accrochées à mes hanches ?

Jeanne rougit puis éclata de son rire clair qui remonta jusqu'aux sources des larmes. C'était la première fois qu'elle entendait parler de travestis. Tu vois comme j'étais gourde, m'avait-elle dit. Un jour, il y eut un bal des roses du côté de la corniche. Elle avait voulu voir. C'était en juin et vraiment la fête des roses. Un homme avec une églantine sur l'oreille l'avait invitée à danser et elle avait ri. Elle s'était excusée. Il avait répliqué par un gros mot.

Depuis ce merveilleux soir d'hiver et l'annonce du premier enfant, il y eut trois autres fils de l'amour et une fille qui ne voulut pas survivre. Quand son ange de mer était au large, Jeanne aimait par-dessus tout se tenir droite sur la grève par un bon vent d'ouest un peu frais qui balayait ses jupes et libérait des mèches blondes sous sa coiffe. Elle aimait ce vent qui la faisait pleurer malgré elle et lui fouettait le sang. Elle respirait large, comme pour engloutir l'horizon. Elle pouvait rester des heures à imaginer une étrave dans la houle et son Ange derrière la barre à roue qui ne pensait qu'à elle, bien sûr. Elle connaissait les quais de Buenos Aires, de Veracruz et même les mouillages du Sud, vers la Terre de Feu. Elle savait tout de Punta Arenas et de La Felicidad de la Vida, un bar où les joueurs de couteaux s'étripaient pour des femelles mapuches indociles. Un bar mal famé où les chasseurs de baleines ivres jouaient leur solde d'une saison de pêche. Il y avait des chercheurs d'or qui ne cherchaient rien, des éleveurs de chevaux qui n'avaient plus de chevaux et qui regardaient, hagards, les mustangs sauvages galoper sur les grèves. Il y avait aussi des Indiens qui se tuaient au mauvais alcool ou qui crevaient de froid sous une barque retournée. Ange n'avait jamais vu les Patagons ni les Fuégiens mais entre les Magallanes il avait vu des « sauvages » sur des canots d'écorce qui grattaient les coquillages avec des pierres aiguisées. Ils se sauvaient à l'approche du navire. Elle savait aussi les glaces dans les haubans, les mains déchirées, les lèvres éclatées et ce vent du bout de la terre qui hurlait dans la voilure. Du côté des Marquises, la goélette d'Ange cinglait sur le bleu vers ces îles en chapelet, comme des baleines échouées, « sur le dos desquelles chantaient des filles nues ». C'est lui qui disait ça. Le bateau d'Ange avait mouillé dans une baie près d'un navire qui recherchait deux déserteurs, dont un certain Melville. Plus tard, Jeanne avait lu *Taïpi*.

Après la grève des dockers et « la bataille du port », Ange arrêta le long cours et partit pour les campagnes de pêche. Un matin de septembre, dans *Le Sémaphore de l'Ouest* on put lire que le chalutier *La Françoise* avait sombré dans les eaux du golfe de Gascogne en revenant des côtes d'Espagne. Ange y était. C'était gros temps avec des crinières d'écume sur les vagues, des déferlantes en comètes. *La Françoise* avait pris une lame de travers par tribord, avec les filets qu'on remontait et qui tiraient sur la bordée. Le bateau s'était couché d'un coup sans un cri de l'équipage. Tout le monde était parti dans la vague. Ange à la barre, attaché pour le gros temps, resta pendu par la taille. Il eut le temps de voir, impuissant, deux jeunes marins empêtrés dans les filets qui se débattaient pour en sortir. Ils étaient pris au piège, la gueule écrasée par les mailles. La nasse se referma. Ange voyait bien que c'était fini pour les petits. Deux frères, « nom de Dieu ». Au moment où *La Françoise* s'enfonçait avec son piège à hommes, Ange se dégagea du nœud de cabestan et n'eut que le temps de les voir disparaître. Il resta dans le tourbillon où venait de sombrer le bateau et s'accrocha à des paniers vides qui flottaient sur l'écume. Ils étaient douze à bord. Autour de lui, des survivants étaient agrippés à des panneaux d'écoutille ou des tangons qui avaient refusé de couler.

À cette époque, peu de marins savaient nager et Ange avait toujours dit qu'un bateau était fait pour naviguer, pas pour sombrer. Saloperie. Le capitaine quelque part dans le bouillon hurlait : « Comptez-vous », « Vos noms, bordel ! » Ils étaient six, Ange compris. Le capitaine gueula encore plus fort par-delà les montagnes d'eau, mais le vent fracassait sa voix qui se perdait avec les rafales. Ça montait et descendait comme dans une horreur de fête foraine. Ange détestait les foires, les balançoires et la grande roue. « Les frères Chézeau ? » toussait le capitaine. « Au fond, Jean, au fond. » « Nom de Dieu ! »Puis il y eut des cris et quatre compagnons surgirent au sommet d'une vague accrochée au canot retourné. Ça faisait le compte sans les deux mômes. Tous au canot, les bras passés dans les lignes de vie. Il fallut en attacher trois à bout de force qu'on avait failli perdre. Plus tard, un vapeur allemand, de Hambourg, les avait recueillis et bercés jusqu'à Bordeaux. Rapatrié en chemin de fer, Ange avait vu Jeanne sur le quai. Il s'était noyé en elle jusqu'à épuisement. La seule noyade qu'elle pouvait supporter. Il avait tout perdu, qu'importe. Si, il lui importait la montre que

Jeanne lui avait offerte avec les heures de couture. Elle était dans le petit coffre en bois de santal sous sa couchette.

En 1914, la drôle de guerre lui demanda de se battre et d'aller égorger ceux qui l'avaient sauvé. Il revint gazé, avec les poumons en friche. Les enfants grandissaient. Jeanne travaillait à l'encan, les mains dans la glace pour trier le poisson. L'amour avait résisté aux langes sales, à la lessiveuse et aux cris de la marmaille. Tant qu'il était en mer, le marin revenait avec des histoires en containers, mais maintenant qu'Ange se desséchait les éponges en errant sur les quais, ils avaient mis l'amour entre parenthèses. Il travailla d'abord à l'inscription maritime, derrière un bureau, à cocher les embarquements des autres. Il demandait des nouvelles de l'horizon, du temps au large, des ports qu'il connaissait. À son tour il écoutait, ça compensait. Mais à force, la bourlingue des autres et la poitrine en feu, ça vous mine un bosco. Ils quittèrent la rue Saint-Jean pour la rue de la Cloche. Au débit de boisson, la mère fatiguée de ne rien voir de ce monde était partie voir l'autre. C'est ce qu'elle avait dit à Jeanne avant de s'éteindre. Elle ne repassait plus, ses mains tremblaient et trop de plis lui échappaient. Elle ne caressait plus les broderies, les robes du soir, les uniformes d'officiers ni les cheveux de sa fille, ce qu'elle regrettait le plus. Elle qui se risquait parfois sur le quai Duperré avec Jeanne à son bras ne pouvait plus marcher. Ces derniers mois, elles avaient espacé leurs balades complices jusqu'à ne plus franchir la porte du débit. Elle avait aimé lire les pierres de la tour de la Lanterne avec ses doigts, deviner les dessins des prisonniers, les dates, les poèmes d'adieu que lisait Jeanne.

Dans ma geôle j'ai gravé ce cœur
Pour toi, avant que je ne meure.
De moi il ne restera rien
Que ce cœur de pierre qui est tien.

Tous les étés, Jeanne posait une chaise sur le quai des Sardiniers, face au port. La mère reconnaissait toutes les odeurs, tous les bruits, les carrioles de charbon comme celles du vin, le pas des chevaux, les voitures à moteur maintenant qu'il y en avait beaucoup. Elle bavardait avec les femmes des étals, les vendeuses de « sans-sel ». Un bateau glissait entre les deux tours. On lui disait : « Tiens, en voilà un qui rentre », sans préciser, pour le plaisir. Elle répondait *L'Arc-en-ciel,* ou *La Marie-Pierre,* ou : « Tiens, celui-là je ne le connais pas. » On lui disait : « Rien d'étonnant, il vient de Concarneau. » En fin d'après-midi, son homme lâchait le bistrot pour venir la chercher. Tranquillement, tous les deux faisaient les cinquante pas jusqu'au débit. L'aveugle et le boiteux.

Après que la mère se fut éteinte, le père noya sa peine derrière le comptoir et ouvrit des ardoises qui restèrent impayées. Une nuit, une lampe à pétrole oubliée sous un rideau de cretonne alluma le grand incendie. On ne retrouva rien. On enterra à côté de la mère une petite boîte avec de la cendre dedans. Jeanne avait trop à faire pour pleurer. Elle regretta la table de bois sur laquelle venait s'appuyer Ange et qu'elle caressait souvent en son absence. Au couteau, il avait gravé le J de Jeanne, une petite ancre de marine dans un cœur et un A. C'était si délicatement fait, si discret, que seule la main de Jeanne pouvait percevoir le dessin. Elle le frôlait du bout des doigts comme du braille avec la même concentration d'aveugle que sa mère. Elle regretta cela et les éclats de lumière sur le bois sombre. L'héritage en fumée ne l'avait pas troublée. Dans son livre des jours, il manquerait cette table imbibée de vin et de bière sur laquelle Ange avait signé à la barbe de tous son merveilleux amour.

Plus tard, à la loterie, ils gagnèrent une maison, la première en préfabriqué. C'était aussi dans le journal. Elle fut assemblée sur un terrain bon marché avenue Guiton, le long de la voie de chemin de fer qui mène à La Pallice. Jeanne a toujours regretté le vieux port, la vase à marée basse, les mouettes derrière les sardiniers. Elle aimait les promenades avec Ange au retour de pêche, la rue sur les murs à regarder le Pertuis, Aix et Oléron, dans la brume de mer. Sur le chantier de construction, ils regardaient les charpentes de bois en attente d'une coque. Ange disait que c'était des squelettes de cachalots et Jeanne que ça ressemblait à un grand berceau de chêne. Ils venaient s'allonger sur les courbes comme deux enfants. Ils se tenaient la main. Ange, bercé par l'imaginaire, repartait autour du monde. Jeanne veillait sur leur amour. À la fraîcheur du soir, elle le réveillait. Malgré cette maison tombée du ciel qui aurait bien coûté un petit chalutier, le bout de jardin en mauvaise terre n'était pas sensible aux marées. Malgré la bicyclette, c'était l'exil. Le port était là-bas maintenant. Ange pouvait descendre la côte de la Genette mais pas la remonter. Après quelques dimanches en chemin de croix, ils avaient abandonné les rêveries dans les arches de bois, il n'allait plus sur les grèves à marée basse voir dans les miroirs d'eau leurs visages à l'envers sur le ciel éclaté.

Encore une guerre, grand-mère, tout le monde sur le pont, les quatre fils au front et l'autre, le plus jeune, le FFI qu'on allait fusiller. Une nuit, un homme avait sifflé par-dessus la barrière. Ange avait fini par se lever pour aller voir. Il était revenu plus pâle qu'à l'ordinaire, le cœur dans un étau. Il avait fini par se poser sur le bord du lit et dire à Jeanne qu'on allait fusiller le petit. Ils s'étaient accrochés l'un à l'autre comme dans un naufrage. Au dernier moment, on avait échangé le FFI contre un capitaine de SS que la Résistance avait cueilli dans un bordel de la rue Saint-Nicolas.

Depuis, Jeanne vivait ce cauchemar toutes les nuits. Un homme sifflait, Ange se levait, allait ouvrir, revenait sans toucher le sol et la fixait avec un regard de cendre. Derrière lui, le petit avec une cagoule, le dos contre le mur criait « Maman ! » avant de tomber sous les balles. Jeanne s'approchait de lui et le prenait dans ses bras. Il souriait dans la mort. Quand elle le posait sur le lit, son corps disparaissait et Ange prenait sa place, maigre, usé, transparent, au bord de l'abîme. Jeanne ne croyait pas aux facéties des rêves mais celui-là était prémonitoire, elle le savait.

Ange raclait ses poumons sur le pas de la porte. Jeanne sortait les chaises. Ils ruminaient leur inquiétude et la haine des Boches. C'était facile de lire dans les yeux d'Ange. Un soir, une bande de Teutons ivres traînaient leurs bottes avenue Guiton. Ils tentèrent l'égorgement. Jeanne hurla. Un jeune Espagnol courageux qui en voulait à Franco et aux Germains courut jusque-là. Il reçut dix-huit coups de couteau. *Sud-Ouest* y consacra une page que l'histoire oublia. Pourtant, il s'appelait Jésus. Il avait trente ans. Il s'était exilé dans une petite maison en planches goudronnées près du pont des Quatre-Fages. La mort n'avait pas voulu de lui dans les collines d'Estrémadure. Elle l'attendait ici. Jésus avait été crucifié sur une traverse de chemin de fer.

Jeanne était allée le veiller. Une lampe à pétrole éclairait les visages de ses amis espagnols. Il y avait une drôle de fille maigre avec de grands cernes bleus. On avait habillé Jésus avec une chemise blanche trop grande qui laissait voir des taches brunes vers le cœur. Une cravate rouge baillait sur son cou. Il dormait dans un costume noir trop petit. On voyait ses chevilles nues. Jeanne ne connaissait pas Jésus. Elle n'avait de chagrin que pour cette jeunesse que le courage avait assassinée. Il était aussi beau que son petit, alors elle pleura. Ils fredonnèrent un chant d'adieu de leur Espagne natale. Une dernière prière, pensa-t-elle. Elle sut plus tard que c'était l'Internationale. Elle a dit merci en posant une main sur le lit, puis elle est rentrée.

Après la guerre, Ange continuait de regarder dans la rue au-dessus des toits, pour tenter de deviner quelques mâts en attente. Mais le port était trop loin et les bateaux n'avaient plus de mâts. Ça lui manquait tout ça, alors il avait fini par fabriquer un trois-mâts barque sur deux vagues en bois que Jeanne avait soigneusement placé sur le buffet. Épuisé de ne plus respirer, Ange broyait du sable dans les poumons avec une gorge mouillée de sang. Le mal servait la mort. Un matin, Jeanne était revenue du marché à bicyclette, il n'était plus sur le pas de la porte. C'était pourtant un bel avril. Elle ne chercha pas longtemps et reprit sa monture. C'était marée basse, un gros coefficient. Elle roula vers les petites falaises de calcaire et prit le chemin des douaniers. Les genêts étaient en fleur, de l'or en gerbe sur les herbes folles, les pittosporums sentaient l'orange. Elle jeta son vélo dans les coquelicots et descendit une blessure dans la craie, une lézarde sombre qui menait à la grève.

C'était un petit bout de côte sauvage qu'un voile de mer découvrait généreusement aux grandes marées. Il y avait un bateau ensablé ; enfin, ce qu'il en restait. Au reflux, on pouvait y accéder à pied et rester dans ses membrures tout le jusant et jusqu'aux premières vagues à venir le lécher. Jeanne se tordit les chevilles sur les galets instables puis faillit glisser dix fois sur le platier mouillé. Les algues éclataient sous les sabots. Elle haletait, transpirait à ne plus rien voir. Elle essuyait ses yeux avec son fichu. Elle franchit les banches de l'Estran, mouilla ses bas et rejoignit l'épave. Ange avait décidé de voir la mer avant de partir. Il avait mis du temps à venir jusqu'ici. Arrivé près du squelette vermoulu, il y avait encore de l'eau à s'en aller. Il s'était calé dans le bras du vieux thonier, tourné vers le large, au bord de l'étouffement. Des cargos, des chalutiers croisaient. Ça piaillait autour de lui, les mouettes, les courlis et même des fous de Bassan. Un gros goéland s'était posé à le toucher. Il y avait eu conversation puis chamaillerie. La bête avait fini par céder la place. Ange s'était apaisé enfin. Il entendit Jeanne qui soufflait :

– Ne cours pas, ma fille, y'a le temps.

Il agrippa sa main pour la mettre sur sa poitrine à lui.

– Le mien aussi bat vite mais on ne l'entend presque plus. Je savais que tu viendrais.

Ils restèrent ainsi à regarder la ligne verte qui frissonnait. C'était un beau jour. Il lui dit qu'il n'avait pas voulu finir en regardant passer le train ni même se faire bouffer par lui. Il préférait une déferlante avec leur vie à eux enchaînée aux algues, la dernière vague. Il lui dit qu'il avait toujours navigué avec le cœur de sa femme en balise sur toutes les mers du monde et dans tous les ports. Il lui dit qu'il avait gardé son visage au fond du ventre, toujours, et que c'était comme ça qu'il avait pu vivre.

Sur la poupe délabrée du navire, il restait encore un peu de rouge et de bleu pâle. En regardant soigneusement, on pouvait lire son nom. Il était poncé par le sel. Il manquait quelques lettres mais c'était bien *La Croix du Sud*, le bateau du père qu'un mauvais jour de guerre ou une tempête avait échoué ici. C'était comme ça !

Le vent frais ramenait les premières lignes d'écume. Le revif commençait. Jeanne trembla un peu, elle avait froid. Ange lui demanda de rentrer. Elle refusa de partir sans lui. « C'est fini Jeanne, c'est fini, je suis au bout. À cracher le sang et la vie, elle finit par s'en aller. » Il avait toujours dit qu'un marin à terre ne valait rien. Elle le tira à lui. Il s'accrocha, se remit debout et ils reprirent ensemble le chemin de la côte. Ce fut long et douloureux. La mer avait fini par les rejoindre et les baigner jusqu'aux genoux. C'était froid mais ça faisait du bien. Épuisés, ils étaient venus s'appuyer contre la falaise claire qui laissait sa craie humide sur les mains et les habits. Quand Ange revenait du large, il voyait d'abord ce fin ruban d'ocre pâle sur l'horizon entre le ciel et la mer, un liseré à peine visible dans la brume légère qui se dessinait peu à peu, avec l'émotion du retour. Ensuite, il fallait la longer jusqu'à l'alignement des phares pour prendre le chenal.

Ange toussait à n'en plus finir, avec les yeux qui imploraient qu'on l'achève. Il pleurait à genoux avec Jeanne contre lui qui le retenait de ne pas se briser le front. Il vomit un flot noir que la roche absorba. La lézarde fut un calvaire à remonter. Ange s'écroula dans les genêts en barbouillant les fleurs de sang. Il se mit sur le côté et ne bougea plus. Jeanne le couvrit de son corps et lui murmura son amour. Ce fut leur dernier rendez-vous dans ce monde. Ils avaient aimé ce temps par-delà les terres et les mers à broder l'autre, à polir ce moment qui serait deux bras ouverts, des yeux fous d'impatience et un cœur au bord de se rompre. C'était entre les îles de cet archipel des rendez-vous qu'ils avaient navigué et dans le bonheur inouï de leur prochaine rencontre, de ce retour au port d'attache qui portait si bien son nom. « Tu es mon port d'attache et il n'y en eut jamais d'autres. »

Un jour, elle me montra l'échouage de *La Croix du Sud* qui n'avait laissé qu'une boursouflure sur la vase. Rue Saint-Jean, à la place du bistrot, il y avait un salon de coiffure, Chez Claudie.

Les enfants mariés, seule, Jeanne pédalait jusqu'au cimetière Saint-Éloi et retour avenue Guiton dans la petite maison préfa derrière la ligne de chemin de fer. Quelquefois, elle poussait la balade jusqu'à La Pallice par le « boulevard de la soif », l'avenue des bordels et des bars de nuit. Cet endroit l'effrayait et l'attirait.

C'était comme ça. Elle restait des heures sur le quai des grumes à respirer les bois humides. Elle accompagnait Ange du souvenir sur le premier cargo en partance pour l'autre côté de l'horizon. Parfois, elle poussait sa bicyclette jusqu'aux falaises de la Repentie. Elle regardait *La Croix du Sud* agonisante. Aux grandes marées, elle allait s'asseoir sur le bois couché, elle attendait que la mer revienne et elle rentrait. Sans quitter des yeux les remparts de sa ville, elle avait navigué plus qu'aucun marin. Elle était allée au-delà des déserts, de l'invisible. Elle n'était d'aucune réalité. Les querelles de quartiers l'assommaient. Elle préférait s'endormir sur les feuilles du *Petit Journal* avec ses illustrations en couleur que d'écouter les ragots des poissonnières. Elle avait eu la jeunesse submergée par les récits de mer, puis ceux des voyages d'Ange comme une comète.

Il n'y eut aucun jardin stérile, jamais, même quand il y eut les petits qui avaient laissé les terres de son imaginaire en friche. Jeanne savait qu'après les années on oubliait les élans du commencement de l'amour. Il y avait la guerre pour la vie, pour les enfants, avec le présent qui occultait l'avenir et beaucoup du passé. L'amour était là quand même, enfoui, attendant l'heure de ressurgir avec son âge à lui, l'effervescence en moins. Puis il y eut cette drôle d'année où les fils partirent là-bas, chacun vers un ailleurs de

France qu'elle ne connaissait pas. Ils oublieraient de revenir. Ils ne voulaient pas naviguer et épousèrent la terre. Jeanne tissait la vie, les heures, les années avec les mêmes gestes recommencés sans plus jamais d'inattendu que ceux des jours où j'ai vécu mon enfance près d'elle. Ce temps où elle me raconta ce que je sais de leur amour. Il y eut ce bonheur de la mer qu'elle ancra en moi, cette fascination de l'océan et mes premiers embarquements. Mon port d'attache était la ville de Jeanne. Elle en était heureuse. C'est moi qu'elle attendait pour que je lui repeigne le monde, celui d'aujourd'hui, qu'elle ne reconnaissait pas toujours.

Il y a deux étés, je revenais d'un tour de terre par la mer. En attendant un autre embarquement, j'avais loué une chambre sur le port en face des deux tours. Le dimanche après-midi, j'emmenais Jeanne passer quelques heures devant la fenêtre ouverte. Elle guettait quelque chose. Le vent la faisait pleurer. Une mèche grise se balançait sur son front. Peut-être qu'entre les deux tours glissait une goélette de retour du Cap Horn. Un marin sautait sur le quai, courait rue Saint-Jean et ouvrait la petite porte du débit avec son rideau de cretonne où Jeanne l'attendait dans une tache de soleil.

Parfois nous allions vers le chantier naval, les remparts, la rue sur les murs, la rue de l'Escale, l'Hôtel de Ville. Nous lisions l'histoire en empreintes sur les pierres. Jeanne semblait avoir tout vécu des siècles précédents. Avec elle, je traversais le temps. Nous mélangions nos rêves. Elle savait que lorsque la mémoire défaille, l'imagination se charge d'une drôle de fouille. Nous réinventions les premiers jours, la ville en torchis, les rues pavées avec le leste des bateaux revenant du Nord, les fondations de la ville en fûts de chêne plantés dans le marais, comme à Venise. Je cavalais sur les lisses, devançais les proues. Les dates se gravent sur les coques qui pourrissent au fond de l'Océan. Les pages de l'histoire se tournent avec le vent de noroît, un vent froid, solide, bien établi. Un vent qui amène la fortune et les désastres.

Je fouillais l'histoire pour comprendre, par ivresse, pour me perdre avec les hommes à terre et partager les jours. Je voulais rencontrer Ange que je n'ai jamais connu et voir le regard de Jeanne quand il entra la première fois à la Croix du Sud. Je sillonnais les mers, j'étais sur ses traces.

Un jour, enfin, je l'ai retrouvé, il était mousse sur *L'Amarrante*. Il devint l'homme de barre le plus recherché. Du côté des îles sous le vent, il servit sous les ordres d'un officier du nom de Segalen qui revenait de Chine.

J'ai navigué avec Ange jusqu'en mer de Baffin, l'étrave dans la glace. Un automne, en revenant d'Alexandrie après une avarie, nous nous étions réfugiés dans le port de Syracuse. Ange m'avait emmené par les ruelles du port comme des coulées d'ombre. Les hommes des quais venaient s'y baigner, se mêlant aux femmes alanguies. Nous pénétrâmes dans un atelier où l'on servait aussi à boire. Un vieil homme était assis, Enzo, qui esquissa un sourire fatigué et ne s'étonna pas de voir Ange s'asseoir près de lui. L'homme peignait un visage sur d'autres visages, toujours les mêmes. Il reproduisait sans cesse le portrait d'une jeune fille inconnue. Il ne peint qu'elle, me dit Ange. Il l'aime. Qui est-elle ? Il ne la connaît pas mais il sait qu'elle existe. Les yeux d'Ange pétillaient. Moi, je la connais. Alors, pourquoi tu ne lui dis pas ? Parce que ce fou serait capable de venir me la prendre. Lui, il aime peindre infiniment ce visage qu'il ne connaît pas, il sait seulement que c'est le visage de l'amour. Moi, j'aime le modèle.

Un automne, j'ai débarqué avec lui à La Rochelle. Mystérieux, il m'emmena à la Croix du Sud et là j'ai reconnu la jeune fille des portraits d'Enzo, la petite Jeanne qui deviendra ma grand-mère.

C'est ainsi que nous écrivions l'histoire. C'est elle qui m'a donné ce goût des rêves à partager.

C'était l'amour du commencement de leur amour qu'elle aimait revivre avec moi qu'elle appelait son petit du petit, le dernier fils. Elle recommençait son partage avec Ange en me le partageant. Elle n'avait eu d'avenir que dans le prochain rendez-vous avec Ange. Ce fut un amour en rendez-vous.

Peut-être esquivait-elle des faux pas de la mémoire. Peut-être posait-elle ses rêves à côté des jours de leur amour. Peut-être n'a-t-elle vécu que pour cela jusqu'à la fin. La plus longue attente fut la dernière. Ils avaient nourri leur bonheur dans l'absence, dans une sorte de méditation intensive de l'autre. Ils savaient cette joie indicible de la prière qui redessinait l'autre, le projetait dans l'espace clos de la mémoire, car c'était cela prier pour eux, visualiser le visage, le corps, les rires, sentir même la chaleur de l'autre et refaire seul parfois les gestes de l'amour. Ils se mettaient involontairement en manque de l'autre. Savaient-ils qu'à côtoyer un corps, son visage, sa démarche, il devient silhouette rassurante, habituelle, mais s'échappe de ce qui le rend unique, ce pli douloureux au coin de la lèvre, celle de l'aile du nez, ce front inquiet, cette petite veine à la base du cou qui bat quand l'émotion est trop forte, ces mains posées négligemment sur la table en attente, ce pas bien à elle, bien à lui, reconnaissable entre tous dans la foule des autres ? Savaient-ils cela ?

Pour Jeanne, le réveil sur les quais du Musée maritime était doux. Des touristes bousculaient le rêveur qui regardait filer sous voile des multicoques dessinés pour la course. Des petits bateaux blancs titubaient sur le clapot. Un accordéon s'échappait d'une fenêtre pour le disco des terrasses, des papillons de soie volaient au-dessus d'un groupe d'enfants, des chiens savants faisaient la roue, un clown marchait sur les mains, une jeune fille courait sur le ponton qui dansait avec le flot. Elle sauta dans une vedette bleue et se noya dans les coussins. À la fin de l'été, j'avais trouvé un embarquement sur un vraquier grec, *L'Argos,* qui m'attendait le long du môle de La Pallice, destination Larnaca et les ports de la mer Noire. Ce jour-là, j'avais promis à Jeanne de l'emmener voir mon nouveau bateau là où serait ma vie, la passerelle, les coursives, le carré, ma cabine d'officier, sans savoir si elle serait seulement capable de monter l'échelle de coupée. Peut-être resterait-elle sur le quai, sa main dans la mienne, à regarder là-haut les marins au bastingage qui parleraient une autre langue mais qui riraient comme son Ange.

Plus tard, elle laisserait le cargo s'éloigner avec le petit du petit, le dernier fils dans son ventre, sans savoir si elle le reverrait. Elle suivrait jusqu'à la nuit le sillage éphémère et les tourbillons sombres qui s'évanouissent sous l'écume. Il était tard. J'ai couru sur le quai Duperré. Des connards klaxonnaient. Un mariage en carrosserie métallisée et tulle synthétique dépassait un convoi funèbre. Jeanne était réveillée. Nous avions fait un long rêve. Elle m'a regardé avec douceur. « Tu ressembles tellement au marin de *L'Iroise*. » Le jour d'avril s'étirait et s'amenuisait avec la brise. Les ombres des deux gardiennes de pierre s'allongeaient. La Rochelle se préparait pour la nuit. Jeanne frissonnait. Avenue Guiton, un trois-mâts l'attendait, ancré sur le buffet verni. À coté de la cuisinière, il y avait le portrait d'Ange en noir et blanc. Avec les siècles, il était un peu plus pâle. Il avait une casquette de marinier, ses yeux étaient transparents, son visage lisse, intemporel. Une petite moustache dessinait une jolie bouche…

Dans la petite maison préfa, Pierre ouvrit avec beaucoup de soin la lettre qu'il était venu chercher pour l'ensevelir avec Jeanne et la recopia.

Buenos Aires, 12 juin 1912

Ma petite Jeanne,

C'est vrai que tu es petite. Je dis tu, je suis plus courageux en mer que dans le bistrot de ton père. Je profite d'un grand clipper qui revient du Chili avec une cargaison de laine pour envoyer cette lettre. Elle sera au chaud pour traverser l'hiver austral. Il se perd des bateaux parfois. J'espère que celui-là arrivera.

Tu ne m'as jamais demandé mon nom. Je m'appelle Ange. Moi, bien sûr, je sais que tu t'appelles Jeanne. Là-bas, je n'ai jamais osé le prononcer. Mais je savais déjà en le murmurant que c'était doux comme une pelote, un vent chaud, un petit chat mouillé. Ici, je peux le répéter à l'infini des vagues, à l'écume, à la mâture avant de m'endormir, pendant les quarts, à l'aube, devant ma gamelle, comme une prière, en frottant le pont avec la peau d'une roussette. Je dis Jeanne muettement devant le capitaine, les officiers, les matelots, à l'étoile du Berger, aux femmes noires qui dorment sur les quais.

J'écris Jeanne avec l'encre des poulpes. Jeanne longue comme la houle, toi si petite derrière le comptoir de ton père. Je l'ai gravé sur le bois rouge du Brésil, sur les barils d'eau, sous la lisse. Je l'ai écrit sur des mouchoirs d'Espagne, des soies de Chine et même hier sur les ailes des poissons volants. Je t'ai écrit sur le papier à tabac pour que tu brûles ma poitrine. Je t'ai écrit tant de lettres jetées par-dessus bord que le fond de la mer sait qu'Ange aime Jeanne.

J'ai si peur que cette lettre n'arrive pas et j'ai si peur qu'elle arrive. J'ai si peur que tu dises non et j'ai si peur que tu dises oui. J'ai tant de nuits dans mon hamac avec les yeux ouverts. Je n'ose embrasser que ton front.

Nous appareillons pour le Cap Horn puis les côtes d'Afrique, les îles du Cap-Vert, Lisbonne et La Rochelle.

Ange

Mon amour,

Je signe Pierre à côté d'Ange. J'inscris Marie à côté de Jeanne. Je serai dans tes bras bientôt. D'ici là je te redessine sans fin, je prépare comme une fête notre prochain rendez-vous.

Pierre

Il ne relut pas cette lettre à Marie qu'il posterait le lendemain. Il replia soigneusement celle d'Ange, prit le portrait et attendit le bus.

Table

LE COURAGE EST OFFERT
LE BATEAU VAUT 800 000 €
AIDEZ LES SAUVETEURS EN MER
DUFRESNECORRIGANSCARLETT RC PARIS B 343 597 381
LES SAUVETEURS EN MER
S.N.S.M
www.snsm.org
Sauveteurs en Mer, je suis solidaire.

RÉALISATION : NORD COMPO
IMPRESSION : CPI BRODARD ET TAUPIN À LA FLÈCHE
DÉPÔT LÉGAL : MARS 2009. N° 99426-6. (59419)
IMPRIMÉ EN FRANCE

Collection Points

DERNIERS TITRES PARUS

P1860. Le Bon Vieux et la Belle Enfant, *Italo Svevo*
P1861. Le Mystère Tex Avery, *Robert Benayoun*
P1862. La Vie aux aguets, *William Boyd*
P1863. L'amour est une chose étrange, *Joseph Connolly*
P1864. Mossad, les nouveaux défis, *Gordon Thomas*
P1865. 1968, Une année autour du monde, *Raymond Depardon*
P1866. Les Maoïstes, *Christophe Bourseiller*
P1867. Floraison sauvage, *Aharon Appelfeld*
P1868. Et il y eut un matin, *Sayed Kashua*
P1869. 1 000 mots d'esprit, *Claude Gagnière*
P1870. Le Petit Grozda. Les merveilles oubliées du Littré
Denis Grozdanovitch
P1871. Romancero gitan, *Federico García Lorca*
P1872. La Vitesse foudroyante du passé, *Raymond Carver*
P1873. Ferrements et autres poèmes, *Aimé Césaire*
P1874. La Force qui nous manque, *Eva Joly*
P1875. Enfants des morts, *Elfriede Jelinek*
P1876. À poèmes ouverts, *Anthologie Printemps des poètes*
P1877. Le Peintre de batailles, *Arturo Pérez-Reverte*
P1878. La Fille du Cannibale, *Rosa Montero*
P1879. Blue Angel, *Francine Prose*
P1880. L'Armée du salut, *Abdellah Taïa*
P1881. Grille de parole, *Paul Celan*
P1882. Nouveaux poèmes *suivi de* Requiem, *Rainer Maria Rilke*
P1883. Dissimulation de preuves, *Donna Leon*
P1884. Une erreur judiciaire, *Anne Holt*
P1885. Honteuse, *Karin Alvtegen*
P1886. La Mort du privé, *Michael Koryta*
P1887. Tea-Bag, *Henning Mankell*
P1888. Le Royaume des ombres, *Alan Furst*
P1889. Fenêtres de Manhattan, *Antonio Muñoz Molina*
P1890. Tu chercheras mon visage, *John Updike*
P1891. Fonds de tiroir, *Pierre Desproges*
P1892. Desproges est vivant, *Pierre Desproges*
P1893. Les Vaisseaux de l'ouest. Les Monarchies divines V
Paul Kearney
P1894. Le Quadrille des assassins. La Trilogie Morgenstern I
Hervé Jubert

P1895. Un tango du diable. La Trilogie Morgenstern II
Hervé Jubert
P1896. La Ligue des héros. Le Cycle de Kraven I
Xavier Mauméjean
P1897. Train perdu, wagon mort, *Jean-Bernard Pouy*
P1898. Cantique des gisants, *Laurent Martin*
P1899. La Nuit de l'abîme, *Juris Jurjevics*
P1900. Tango, *Elsa Osorio*
P1901. Julien, *Gore Vidal*
P1902. La Belle Vie, *Jay McInerney*
P1903. La Baïne, *Eric Holder*
P1904. Livre des chroniques III, *António Lobo Antunes*
P1905. Ce que je sais (Mémoires 1), *Charles Pasqua*
P1906. La Moitié de l'âme, *Carme Riera*
P1907. Drama city, *George P. Pelecanos*
P1908. Le Marin de Dublin, *Hugo Hamilton*
P1909. La Mère des chagrins, *Richard McCann*
P1910. Des louves, *Fabienne Jacob*
P1911. La Maîtresse en maillot de bain. Quatre récits d'enfance
Yasmina Khadra, Paul Fournel,
Dominique Sylvain et Marc Villard
P1912. Un si gentil petit garçon, *Jean-Loup Chiflet*
P1913. Saveurs assassines. Les Enquêtes de Miss Lalli
Kalpana Swaminathan
P1914. La Quatrième Plaie, *Patrick Bard*
P1915. Mon sang retombera sur vous, *Aldo Moro*
P1916. On ne naît pas Noir, on le devient
Jean-Louis Sagot-Duvauroux
P1917. La Religieuse de Madrigal, *Michel del Castillo*
P1918. Les Princes de Francalanza, *Federico de Roberto*
P1919. Le Conte du ventriloque, *Pauline Melville*
P1920. Nouvelles chroniques au fil de l'actualité.
Encore des mots à découvrir, *Alain Rey*
P1921. Le mot qui fait mouche. Dictionnaire amusant
et instructif des phrases les plus célèbres de l'histoire
Gilles Henry
P1922. Les Pierres sauvages, *Fernand Pouillon*
P1923. Ce monde est mon partage et celui du démon
Dylan Thomas
P1924. Bright Lights, Big City, *Jay McInerney*
P1925. À la merci d'un courant violent, *Henry Roth*
P1926. Un rocher sur l'Hudson, *Henry Roth*
P1927. L'amour fait mal, *William Boyd*

P1928. Anthologie de poésie érotique, *Jean-Paul Goujon (dir.)*
P1929. Hommes entre eux, *Jean-Paul Dubois*
P1930. Ouest, *François Vallejo*
P1931. La Vie secrète de E. Robert Pendleton, *Michael Collins*
P1932. Dara, *Patrick Besson*
P1933. Le Livre pour enfants, *Christophe Honoré*
P1934. La Méthode Schopenhauer, *Irvin D. Yalom*
P1935. Echo Park, *Michael Connelly*
P1936. Les Rescapés du Styx, *Jane Urquhart*
P1937. L'Immense Obscurité de la mort, *Massimo Carlotto*
P1938. Hackman blues, *Ken Bruen*
P1939. De soie et de sang, *Qiu Xiaolong*
P1940. Les Thermes, *Manuel Vázquez Montalbán*
P1941. Femme qui tombe du ciel, *Kirk Mitchell*
P1942. Passé parfait, *Leonardo Padura*
P1943. Contes barbares, *Craig Russell*
P1944. La Mort à nu, *Simon Beckett*
P1945. La Nuit de l'infamie, *Michael Cox*
P1946. Les Dames de nage, *Bernard Giraudeau*
P1947. Les Aventures de Minette Accentiévitch *Vladan Matijeviç*
P1948. Jours de juin, *Julia Glass*
P1949. Les Petits Hommes verts, *Christopher Buckley*
P1950. Dictionnaire des destins brisés du rock *Bruno de Stabenrath*
P1951. L'Ère des dragons. Le Cycle de Kraven II *Xavier Mauméjean*
P1952. Sabbat Samba. La Trilogie Morgenstern III *Hervé Jubert*
P1953. Pour le meilleur et pour l'empire, *James Hawes*
P1954. Doctor Mukti, *Will Self*
P1955. Comme un père, *Laurence Tardieu*
P1956. Sa petite chérie, *Colombe Schneck*
P1957. Tigres et tigresses. Histoire intime des couples présidentiels sous la Ve République, *Christine Clerc*
P1958. Le Nouvel Hollywood, *Peter Biskind*
P1959. Le Tueur en pantoufles, *Frédéric Dard*
P1960. On demande un cadavre, *Frédéric Dard*
P1961. La Grande Friture, *Frédéric Dard*
P1962. Carnets de naufrage, *Guillaume Vigneault*
P1963. Jack l'éventreur démasqué, *Sophie Herfort*
P1964. Chicago banlieue sud, *Sara Paretsky*
P1965. L'Illusion du péché, *Alexandra Marinina*

P1966. Viscéral, *Rachid Djaïdani*
P1967. La Petite Arabe, *Alicia Erian*
P1968. Pampa, *Pierre Kalfon*
P1969. Les Cathares. Brève histoire d'un mythe vivant
Henri Gougaud
P1970. Le Garçon et la Mer, *Kirsty Gunn*
P1971. L'Heure verte, *Frederic Tuten*
P1972. Le Chant des sables, *Brigitte Aubert*
P1973. La Statue du commandeur, *Patrick Besson*
P1974. Mais qui est cette personne allongée
dans le lit à côté de moi ?, *Alec Steiner*
P1975. À l'abri de rien, *Olivier Adam*
P1976. Le Cimetière des poupées, *Mazarine Pingeot*
P1977. Le Dernier Frère, *Nathacha Appanah*
P1978. La Robe, *Robert Alexis*
P1979. Le Goût de la mère, *Edward St Aubyn*
P1980. Arlington Park, *Rachel Cusk*
P1981. Un acte d'amour, *James Meek*
P1982. Karoo boy, *Troy Blacklaws*
P1983. Toutes ces vies qu'on abandonne, *Virginie Ollagnier*
P1984. Un peu d'espoir. La trilogie Patrick Melrose
Edward St Aubyn
P1985. Ces femmes qui nous gouvernent, *Christine Ockrent*
P1986. Shakespeare, la biographie, *Peter Ackroyd*
P1987. La Double Vie de Virginia Woolf
Geneviève Brisac, Agnès Desarthe
P1988. Double homicide, *Faye et Jonathan Kellerman*
P1989. La Couleur du deuil, *Ravi Shankar Etteth*
P1990. Le Mur du silence, *Hakan Nesser*
P1991. Mason & Dixon, *Thomas Pynchon*
P1992. Allumer le chat, *Barbara Constantine*
P1993. La Stratégie des antilopes, *Jean Hatzfeld*
P1994. Mauricio ou les Élections sentimentales
Eduardo Mendoza
P1995. La Zone d'inconfort. Une histoire personnelle
Jonathan Franzen
P1996. Un goût de rouille et d'os, *Craig Davidson*
P1997. La Porte des larmes. Retour vers l'Abyssinie
Jean-Claude Guillebaud, Raymond Depardon
P1998. Le Baiser d'Isabelle.
L'aventure de la première greffe du visage
Noëlle Châtelet
P1999. Poésies libres, *Guillaume Apollinaire*

P2000. Ma grand-mère avait les mêmes.
Les dessous affriolants des petites phrases
Philippe Delerm
P2001. Le Français dans tous les sens, *Henriette Walter*
P2002. Bonobo, gazelle & Cie, *Henriette Walter*, *Pierre Avenas*
P2003. Noir corbeau, *Joel Rose*
P2004. Coupable, *Davis Hosp*
P2005. Une canne à pêche pour mon grand-père, *Gao Xingjian*
P2006. Le Clocher de Kaliazine, Études et miniatures
Alexandre Soljenitsyne
P2007. Rêveurs, *Knut Hamsun*
P2008. Pelures d'oignon, *Günter Grass*
P2009. De l'aube au crépuscule, *Rabindranath Tagore*
P2010. Les Sept Solitudes de Lorsa Lopez, *Sony Labou Tansi*
P2011. La Première Femme, *Nedim Gürsel*
P2012. Le Tour du monde en 14 jours, 7 escales, 1 visa
Raymond Depardon
P2013. L'Aïeul, *Aris Fakinos*
P2014. Les Exagérés, *Jean-François Vilar*
P2015. Le Pic du Diable, *Deon Meyer*
P2016. Le Temps de la sorcière, *Arni Thorarinsson*
P2017. Écrivain en 10 leçons, *Philippe Ségur*
P2018. L'Assassinat de Jesse James par le lâche Robert Ford
Ron Hansen
P2019. Tu crois que c'est à moi de rappeler ?
Transports parisiens 2, *Alec Steiner*
P2020. À la recherche de Klingsor, *Jorge Volpi*
P2021. Une saison ardente, *Richard Ford*
P2022. Un sport et un passe-temps, *James Salter*
P2023. Eux, *Joyce Carol Oates*
P2024. Mère disparue, *Joyce Carol Oates*
P2025. La Mélopée de l'ail paradisiaque, *Mo Yan*
P2026. Un bonheur parfait, *James Salter*
P2027. Le Blues du tueur à gages, *Lawrence Block*
P2028. Le Chant de la mission, *John le Carré*
P2029. L'Ombre de l'oiseau-lyre, *Andres Ibañez*
P2030. Les Arnaqueurs aussi, *Laurent Chalumeau*
P2031. Hello Goodbye, *Moshé Gaash*
P2032. Le Sable et l'Écume et autres poèmes, *Khalil Gibran*
P2033. La Rose et autres poèmes, *William Butler Yeats*
P2034. La Méridienne, *Denis Guedj*
P2035. Une vie avec Karol, *Stanislao Dziwisz*
P2036. Les Expressions de nos grands-mères, *Marianne Tillier*

P2037. *Sky my husband !* The integrale/Ciel mon mari ! L'intégrale, *Dictionary of running english/* Dictionnaire de l'anglais courant, *Jean-Loup Chiflet*
P2038. Dynamite road, *Andrew Klavan*
P2039. Classe à part, *Joanne Harris*
P2040. La Dame de cœur, *Carmen Posadas*
P2041. En retard pour la guerre, *Valérie Zenatti*
P2042. 5 octobre, 23 h 33, *Donald Harstad*
P2043. La Griffe du chien, *Don Wislow*
P2044. Les Nouvelles Enquêtes du juge Ti, vol. 6 Mort d'un cuisinier chinois, *Frédéric Lenormand*
P2045. Divisadero, *Michel Ondaatje*
P2046. L'Arbre du dieu pendu, *Alejandro Jodorowsky*
P2047. Découpé en tranches, *Zep*
P2048. La Pension Eva, *Andrea Camilleri*
P2049. Le Cousin de Fragonard, *Patrick Roegiers*
P2050. Pimp, *Iceberg Slim*
P2051. Graine de violence, *Evan Hunter (alias Ed McBain)*
P2052. Les Rêves de mon père. Un héritage en noir et blanc *Barack Obama*
P2053. Le Centaure, *John Updike*
P2054. Jusque-là tout allait bien en Amérique, Chroniques de la vie américaine 2, *Jean-Paul Dubois*
P2055. Les juins ont tous la même peau. Rapport sur Boris Vian *Chloé Delaume*
P2056. De sang et d'ébène, *Donna Leon*
P2057. Passage du désir, *Dominique Sylvain*
P2058. L'Absence de l'ogre, *Dominique Sylvain*
P2059. Le Labyrinthe grec, *Manuel Vázquez Montalbán*
P2060. Vents de carême, *Leonardo Padura*
P2061. Cela n'arrive jamais, *Anne Holt*
P2062. Un sur deux, *Steve Mosby*
P2063. Monstrueux, *Natsuo Kirino*
P2064. Reflets de sang, *Brigitte Aubert*
P2065. Commis d'office, *Hannelore Cayre*
P2066. American Gangster, *Max Allan Collins*
P2067. Le Cadavre dans la voiture rouge *Ólafur Haukur Símonarson*
P2068. Profondeurs, *Henning Mankell*
P2069. Néfertiti dans un champ de canne à sucre *Philippe Jaenada*
P2070. Les Brutes, *Philippe Jaenada*
P2071. Milagrosa, *Mercedes Deambrosis*

P2072. Lettre à Jimmy, *Alain Mabanckou*
P2073. Volupté singulière, *A.L. Kennedy*
P2074. Poèmes d'amour de l'Andalousie à la mer Rouge
Poésie amoureuse hébraïque
P2075. Quand j'écris je t'aime
suivi de Le Prolifique et Le Dévoreur
W.H. Auden
P2076. Comment éviter l'amour et le mariage
Dan Greenburg, Suzanne O'Malley
P2077. Le Fouet, *Martine Rofinella*
P2078. Cons, *Juan Manuel Prada*
P2079. Légendes de Catherine M., *Jacques Henric*
P2080. Le Beau Sexe des hommes, *Florence Ehnuel*
P2081. G., *John Berger*
P2082. Sombre comme la tombe où repose mon ami
Malcolm Lowry
P2083. Le Pressentiment, *Emmanuel Bove*
P2084. L'Art du roman, *Virginia Woolf*
P2085. Le Clos Lothar, *Stéphane Héaume*
P2086. Mémoires de nègre, *Abdelkader Djemaï*
P2087. Le Passé, *Alan Pauls*
P2088. Bonsoir les choses d'ici-bas, *António Lobo Antunes*
P2089. Les Intermittences de la mort, *José Saramago*
P2090. Même le mal se fait bien, *Michel Folco*
P2091. Samba Triste, *Jean-Paul Delfino*
P2092. La Baie d'Alger, *Louis Gardel*
P2093. Retour au noir, *Patrick Raynal*
P2094. L'Escadron guillotine, *Guillermo Arriaga*
P2095. Le Temps des cendres, *Jorge Volpi*
P2096. Frida Khalo par Frida Khalo, Lettres 1922-1954
Frida Khalo
P2097. Anthologie de la poésie mexicaine, *Claude Beausoleil*
P2098. Les Yeux du dragon, petits poèmes chinois, *Anthologie*
P2099. Seul dans la splendeur, *John Keats*
P2100. Beaux Présents, Belles Absentes, *Georges Pérec*
P2101. Les Plus Belles Lettres du professeur Rollin
Ou comment écrire au roi d'Espagne
pour lui demander la recette du Gaspacho
François Rollin
P2102. Répertoire des délicatesses du français contemporain
Renaud Camus
P2103. Un lien étroit, *Christine Jordis*
P2104. Les Pays lointains, *Julien Green*

P2105. L'Amérique m'inquiète.
Chroniques de la vie américaine 1
Jean-Paul Dubois
P2106. Moi je viens d'où *suivi de* C'est quoi l'intelligence
et de E = CM2, *Albert Jacquard, Marie-José Auderset*
P2107. Moi et les autres, initiation à la génétique
Albert Jacquard
P2108. Quand est-ce qu'on arrive ?, *Howard Buten*
P2109. Tendre est la mer, *Philip Plisson, Yann Queffélec*
P2110. Tabarly, *Yann Queffélec*
P2111. Les Hommes à terre, *Bernard Giraudeau*
P2112. Le Phare appelle à lui la tempête et autres poèmes
Malcom Lowry
P2113. L'Invention des Désirades et autres poèmes
Daniel Maximin
P2114. Antartida, *Francisco Coloane*
P2115. Brefs aperçus sur l'éternel féminin, *Denis Grozdanovitch*
P2116. Le Vol de la mésange, *François Maspero*
P2117. Tordu, *Jonathan Kellerman*
P2118. Flic à Hollywood, *Joseph Wambaugh*
P2119. Ténébreuses, *Karin Alvtegen*
P2120. La Chanson du jardinier, Les Enquêtes de Miss Lalli
Kalpana Swaminathan
P2121. Portrait de l'écrivain en animal domestique
Lydie Salvayre
P2122. In memoriam, *Linda Lê*
P2123. Les Rois écarlates, *Tim Willocks*
P2124. Arrivederci amore, *Massimo Carlotto*
P2125. Les Carnets de monsieur Manatane
Benoît Poelvoorde, Pascal Lebrun
P2126. Guillon aggrave son cas, *Stéphane Guillon*
P2130. Porno, *Irvine Welsh*
P2131. Jubilee, *Margaret Walker*
P2041. Ultimatum (En retard pour la guerre), *Valérie Zénatti*
P2153. Belle-sœur, *Patrick Besson*
P2127. Le Manuel du parfait petit masochiste
Dan Greenburg, Marcia Jacobs
P2128. Shakespeare et moi, *Woody Allen*
P2129. Pour en finir une bonne fois pour toutes avec la culture
Woody Allen